貝拉與莫樂多飛向未來城

文／陳始暢　圖／陳始暢、儲巍

目次

神奇的藥丸

清晨的陽光穿過樹葉的縫隙，斑斑點點的投在貝拉與莫樂多的身上。昨夜躺在樹梢上的露珠，一看到太陽，都伸展著懶腰，準備變身為霧氣蒸騰。小鳥的歌唱提醒貝拉和莫樂多要醒來了。

貝拉睜開眼睛，大口呼吸著森林裡甜絲絲的空氣。他推了推莫樂多的腳，調皮的撓了撓他的腳掌心，莫樂多一哆嗦，也醒來了。兩個人站起來，準備去找點吃的。就在這時，他看到前面河邊有一隻母雞和一隻小雞在對話。

小雞問母雞：「媽媽，我為什麼不能像鴨子一樣下河游泳呢？」母雞拍了拍小雞的腦袋回答道：「孩子，鴨子能游泳是因為鴨子的鴨掌有蹼，我們雞沒有，我們的爪子划不了水。」小雞不解的問：「那小狗也沒有，為什麼小狗也能下水呢？」雞媽媽不耐煩了，教訓道：「孩子，我說了不能下水就是不能下水，難道媽媽還要騙自己的孩子不成？」小雞聽了，神情非常失望，他來到河邊，猶豫了一下，居然「撲通」一下子跳了下去。

這下可糟糕啦！小雞天生不會游水，下水後，翅膀「撲通」「撲通」的揮舞著，連著嗆了好多口水。雞媽媽剛才一個疏忽，沒有看住小雞，這下眼看小雞遇到危險，就大聲的叫起來：「來人哪，快來人哪！誰來救救我的孩子！」

貝拉和莫樂多及時發現了這個情況，他們趕快跑到河邊。貝拉看到河邊有一棵彎腰的樹，樹枝正好垂到河邊，貝拉就對莫樂多說：「多多，我們到那棵樹的樹枝上，拉小雞出來！」

莫樂多馬上爬上樹，兩隻腳勾住樹枝，貝拉兩手緊緊地抓住莫樂多的兩隻手，兩隻腳夾住了掙扎中的小雞，就這樣一用力，一下子將小雞甩出了河面。小雞撲騰著翅膀，降落在岸邊。雞媽媽一看自己的孩子得救了，激動得顫抖起來，感激的對貝拉和莫樂多說：「真是太謝謝您們啦，沒有您們，我的孩子可就沒命了！」貝拉和莫樂多因為做了一件好事，也非常開心。

莫樂多對小雞說：「你以後可要聽媽媽的話，剛才多危險呀！」小雞使勁的點著頭，對貝拉和莫樂多表示感謝。貝拉又對雞媽媽說：「其實關於游泳您可以解釋得再清楚一點，這樣您的孩子也許就不會瞎冒險了！」

雞媽媽連連點頭說：「是的，感謝你們拯救了我的孩子，我要送你們一樣禮物，表示感謝！」貝拉一聽，連忙搖手說：「您真是太客氣了，這是我們應該做的事情，您不要放在心上！」

莫樂多「嘿嘿」的笑著，問雞媽媽：「您一定是請我們吃美味的蘑菇吧？我早飯還沒吃呢！」貝拉笑了笑，對莫樂多說：「多多，我們做了應該做的事，不能要求回報的！」

莫樂多點了點頭。雞媽媽開心的笑了，她說：「哈，美麗的森林裡到處都是美味的水果和蘑菇，我想送你們的卻是與衆不同的東西，有點神奇哦！」

聽雞媽媽這麼一說，貝拉和莫樂多就好奇起來。貝拉問：「哈，那您能說說是什麼神奇的東西嗎？」莫樂多也說：「是啊，是什麼呢？」

雞媽媽就說：「我的丈夫是個科學家，一直在研究一種神奇的藥丸。他研究出兩種藥丸，一種叫放大藥丸，一種叫縮小藥丸。他說動物們有了這神奇的放大和縮小藥丸就可以在碰到危險時得到幫助，渡過難關！」貝拉一聽覺得很驚奇，心想：「世界上還真有這麼神奇的東西啊？」莫樂多一樣也是頭一遭聽說居然有這樣的神奇藥丸。

雞媽媽說：「我這裡有兩顆。」說著，她拿出一個小盒子，打開後，裡面有一黑一白兩粒藥丸。「這顆黑色的就是放大藥丸，白色的是縮小藥丸，我送給你們，在你們碰到危險時希望能幫助你們，不過，你們可不能隨便使用，因為只有這麼兩顆！」

貝拉和莫樂多因為好奇就收下了這兩顆藥丸。他們告別雞媽媽，準備沿著河流一直往前走，沿途他們採到了鮮美的水果和美味的蘑菇。早晨的陽光很溫暖，兩個人心情也不賴！

走著走著，莫樂多忍不住好奇，他問貝拉：「拉拉，你覺得如果我們變得超級大了，會怎麼樣？」其實貝拉也一直在腦海裡不停的想像，他的好奇一點也不亞於莫樂多。

貝拉說：「我猜想，那一定會非常的威風，可能連最厲害的獅子也要怕我們三分了！」莫樂多一聽，更加躍躍欲試，他說：「那我們就試試看吧，怎麼樣？」貝拉點點頭，他早就想看看變大以後會是什麼樣子，於是他們決定「石頭剪刀布」，看誰吃那顆變大藥丸。結果莫樂多贏了，他於是笑著對貝拉說：「哈，那我就先吃啦，拉拉，你在旁邊欣賞也一樣哦！」貝拉笑著說：「哈，好吧，你可要告訴我你的感覺啊！」於是莫樂多吞下了那顆神奇的黑藥丸。過了一會兒，莫樂多的肚子開始打起鼓來，接著，莫樂多開始變大，就像一個氣球被吹了起來，大——大——大——大，莫樂多好像失去了控制，不斷的膨脹著，眼看比一棵大樹還要大了，居然還是沒有停下來的樣子，一直到有一棟大樓這麼大了，莫樂多才驚慌的大喊起來：「啊！夠啦，停停停！！！」有趣的是，這麼一喊，果然停了下來，原來這顆藥丸是可以指示它變大的程度的，真是有趣！

莫樂多作為一個小矮人一下子變成了超級大巨人，興奮極了，原來做一個超級巨人的感覺真不賴呀！從他的眼睛看下來，原本高高在上的樹木現在就像豎立在草地上的火柴，而貝拉呢，則像一隻小螞蟻。甚至，還有一朵白雲擦著莫樂多的鼻子飄了過去呢，莫樂多覺得棒極了！

貝拉看著好夥伴一下子變得這麼大，仰起頭，大聲的問莫樂多：「多多，你覺得怎麼樣啊？」莫樂多興奮的回答道：「我覺得很棒，拉拉，這種感覺真好！」貝拉於是爬上莫樂多的鞋子，順著褲管、衣服一直爬到

了莫樂多的肩膀上，從上往下看，貝拉覺得自己像站在高山的頂上，也很興奮！

這時莫樂多開始邁開步伐，向前走了起來。「轟！」「轟！」他每走一步都發出巨大的響聲，甚至還踩扁了幾棵大樹。貝拉看到了覺得這樣很不好，他提醒莫樂多：「多多，可不要踩壞了樹木，你走路小心一點啊！」莫樂多還是沉浸在變大的喜悅中，非常得意，他對貝拉說：「不怕不怕，我們現在這麼厲害，踩壞幾棵樹算什麼？」

於是他繼續大步的往前走，又踩倒了幾棵大樹，甚至還踩扁了幾間森林裡的小屋。莫樂多好多像有點得意忘形了，看樣子他完全忘了自己是誰了！他哈哈大笑著，邁著大步，把森林震得轟轟作響，真是糟糕透頂了！

貝拉站在莫樂多的背上，著急的大喊大叫，希望阻止莫樂多瘋狂的舉動，可就是沒有一點用！

莫樂多興奮的對貝拉說：「拉拉，我們跨過這條河怎麼樣？」貝拉一看，河面非常寬闊，即使像莫樂多這樣巨大，估計也一下子難以跨越過去，更何況河流深淺不知，於是對莫樂多說：「多多，就這樣過河可能會有點危險！河面太寬了！」莫樂多可不聽，他已經一腳踩進了河裡面，一步一步的向對岸走去，可是這回問題出來了，就在莫樂多走到河的中心時，一下子向下陷了進去，水一直漫到了脖子這個位置，接著就定住了。貝拉趕緊爬到莫樂多的耳朵上，這回莫樂多真的慌了，他「哇」的哭了起來，對貝拉說：「拉拉，怎麼辦，我被河流下面的泥沙卡住了，拉拉，我害怕！」

貝拉也很著急，他一下子也沒了主意。這時河流旁邊站滿了趕過來看熱鬧的各種動物們，大家都好奇的看著河中間緊張的一幕。貝拉大聲的向河岸的動物們求救，於是大家開始行動起來了。動物們找來了繩子，他們划著木頭改造的小舟，帶著繩子來到莫樂多的腦袋前面。可奇怪的是，這些熱心的營救者居然來到莫樂多腦袋前，「咚咚咚」給莫樂多的鼻子揍了幾下。莫樂多疼得哭了起來，他問：「喂，大家來救我，為什麼要先揍我一頓呢？」

這時一隻土撥鼠在小木船上，手裡拿著繩子，說道：「你知道嗎？你剛才踩壞了很多樹，一些樹上都有我們的窩。因為你搞破壞，所以我們要先教訓你再救你！」莫樂多一聽心裡非常難過，說不出話來了！

貝拉一看這個情況，馬上打起圓場，他說：「大家救人要緊，我們錯了，上了岸再給大家道歉，幫助你們修好你們的房子！」於是大家七手八腳，用繩子將莫樂多的頭髮、耳朵、鼻子，甚至還有眼皮都綁了起來，然後繩子傳遞到河對岸的各個動物手上，大家開始使勁的拉。但是，莫樂多的身體實在是太大了，繩子將莫樂多的腦袋拉出了水面，可他的身體卻紋絲不動，這樣勢必使莫樂多的脖子一下子被拉得長長的，而且，越拉越長！

莫樂多一下子痛苦得大叫起來：「啊！我的脖子要斷啦！」貝拉站在

莫樂多的耳朵上，一看到這個情況，覺得十二萬分的危急，他忽然想到不是還有一顆縮小的藥丸嗎？趕緊從口袋裡掏出了白色的藥丸。他爬到莫樂多的鼻子上，對莫樂多說：「多多，你吃下這顆縮小藥丸，趕快變回去！」莫樂多眼淚都出來了，他趕緊點頭，說：「好好！」於是他吃下了縮小藥丸，「嗖！」的一下子，好像消失了一樣縮了回去。那邊動物們拉著繩索卻一下子撲了個空，大家都摔倒了！

莫樂多和貝拉游上了岸。這時的莫樂多已經變回了原來的樣子，大家圍著莫樂多和貝拉，哈哈大笑起來，因為他們濕淋淋的樣子實在是滑稽極了！莫樂多意識到自己剛才因為得意闖了大禍，羞紅了臉，他向大家道歉，並表示感謝。

貝拉和莫樂多決定留下來給大家修好遭受破壞的家園，於是他們在森林裡整整待了一個月，每天都忙著給大傢伙修房子。在這個過程中，他們和所有的動物都成了好朋友。其實，大家早就原諒了他們！

一個月後，他們準備告別大家，繼續他們的旅行。臨走的那天，所有的動物們都來了，大家依依不捨的揮手告別貝拉和莫樂多，並且約定以後一定要再來森林做客。就這樣，貝拉和莫樂多再次踏上了周遊世界的旅程！

貪玩的女王

貝拉和莫樂多沿著森林裡的河流往前走啊走，他們陶醉在美麗的風景裡。碧綠的青草像考究的絨毛地毯無窮無盡的鋪展向遠方，美麗的花朵吸引著快樂的蝴蝶來點綴它斑斕的圖案，河流閃耀著金色的光芒不慌不忙的流向遠方，這是一個美好的下午！

翻過一個山頭，前面出現了一個城邦。城邦的入口處，左右站立著威武的衛兵。衛兵穿著盔甲，手裡拿著長長的長矛。貝拉和莫樂多看到城邦的上面掛著一個牌匾，上面寫著「忽忽國」三個字。一群人正圍著一張告示熱切的討論著。莫樂多擠進人群，他看到告示上面寫著：「徵求世界上最好玩的遊戲，獎品是獲得一座城市。」告示的落款是「忽忽國國王皮皮女王」。貝拉也擠進了人群，他和莫樂多都不明白這張告示到底要說什麼，於是就請教一個衛兵。衛兵說：「我們忽忽國皮皮女王最喜歡玩遊戲了，如果你的遊戲能讓她玩得開心，她就會獎勵你一座城市！」

莫樂多將貝拉拉到一個角落，對貝拉說：「拉拉，我們去見見這位女王吧，我倒要看看這位貪玩的女王是什麼樣子的！」

貝拉有點遲疑，他頓了頓，摸摸鼻子，說：「問題是我們又沒有什麼好玩的遊戲，我們這樣貿然去進見，萬一女王不高興了，我們不是糟糕了？」

莫樂多看了看四周，神祕的朝貝拉擠擠眼，湊到貝拉的耳朵旁邊，對貝拉說：「其實，我以前在小矮人村時，村長教過我們一個叫做『神祕寶箱子』的遊戲，我可以用這個遊戲去應徵！」貝拉一聽，興奮起來，眼睛裡閃爍出光芒，他問：「那這個遊戲是怎麼樣的呢？」莫樂多於是在貝拉的耳朵旁邊如此這般嘀咕了一番，貝拉「格格」笑了起來，說道：「好，我們就這樣辦！」

於是他們到城裡的鐵匠鋪定製了一個黑色的大箱子，莫樂多給箱子進行了改造，忙活了半天。莫樂多長出一口氣，高興的說：「好啦！我們可以去揭榜了！」

於是他們揭了榜。在士兵的護送下，第二天早上，他們來到了一個粉紅色的宮殿前面。這個宮殿還真漂亮，從宮殿的大門進去後，一路上貝拉和莫樂多發現宮殿的地上到處擺放著各種各樣的玩具，他們覺得自己就好像進了馬戲團一樣。終於他們來到了皇宮的正殿，一個小女孩頭戴著小丑的帽子，蹲在國王的寶座上。貝拉一看小女孩，就笑了，他問道：「喂，小孩，你們的國王呢？」

小女孩從座位上跳下來，好奇的看著貝拉和莫樂多，忽然厲聲大叫起來：「來人哪，這兩個傢伙是誰啊？他們有什麼好玩的把戲嗎？」

這時一個士兵厲聲對貝拉和莫樂多訓斥道：「放肆，見到我們尊貴的女王陛下還不行禮！」

貝拉和莫樂多這才意識到前面這個頑皮的女孩居然是忽忽國的女王，他們互相對視了一下，吐了吐舌頭！「女王」又問了：「你們有好玩的東西嗎？我一個人無聊死了！」

一個士兵說：「尊貴的女王陛下，這兩個人揭了我們的告示，說有世界上最好玩的東西要呈給您。」

小女孩一聽，興奮得不得了，蹦蹦跳跳的說：「那還不快點，我等不及了！」

於是，兩個士兵抬著一個黑色的箱子來到女王的面前放好。莫樂多拍拍頭皮，笑嘻嘻的對女王說：「尊敬的女王陛下，您看，我們給您帶來了一個有趣的把戲，魔法箱子！」

小女孩瞪著一雙好奇的大眼睛，大聲道：「那還不快點表演給我看。」

莫樂多說：「好的。那您跟著我說一聲魔法咒語，然後您打開箱子，看看會有些什麼變化？」女孩說：「好啊，好啊，那你快說咒語！」

莫樂多於是故弄玄虛的閉上眼睛，在箱子前面繞了三圈，忽然吐了吐舌頭。他看女王沒有跟著他做動作，就故意生氣的說：「你怎不學習我的動作，這樣魔法可是不靈的！」

小女孩於是趕緊道歉，說道：「對不起，對不起，我馬上學！」於是她跟著莫樂多又繞了箱子三圈，兩個傢伙一起吐出舌頭。女王看看莫樂多沒有縮回舌頭的樣子，也呆呆的吐著舌頭。貝拉在一邊忍不住竊笑起來，他想：「哈，這個莫樂多還真有一套，把女王騙得團團轉的呢！」

接著莫樂多慢悠悠的說道：「呼呼啦——呆呆——多！」女王趕緊學著說：「呼呼啦——呆呆——多！」

於是，莫樂多努努嘴示意女王自己打開箱子。女王於是打開箱子的門，結果她失望的發現裡面有一隻傻乎乎的呆頭鵝。女王看到裡面是隻傻裡傻氣的鵝，失望的說：「就——就變出一隻傻鵝啊？一點都不好玩。」

結果，沒想到那隻鵝聽了女王的話，居然生氣的「嘎！」了一聲，還擊道：「一隻鵝怎麼啦，難道你要變出一隻會下蛋的公雞才滿意？」

女王一聽鵝的埋怨，「砰！」一下子關上了箱子的門。她剛想向莫樂多埋怨，莫樂多卻做出一個「噓——」的動作，他神祕的說：「精彩的還在後面，您再唸下咒語看看！」

於是女王又唸了下咒語：「呼呼啦——呆呆——多！」接著又打開了箱子，這回，箱子裡果然出現了一隻公雞，而那隻鵝卻不見了！公雞正在悠閒的閉著眼睛，只聽「咚！」一聲，公雞屁股下居然掉下一個雞蛋。女王這回震撼了，她大叫起來：「哇！哇哇！天哪，公雞下蛋啦！」

沒想到那隻公雞一聽，非常生氣，居然睜開眼睛，嘲諷的說：「真新鮮，公雞為什麼就不能下蛋，肥豬扭屁股才有趣呢！」

這回公主能舉一反三了，她迅速的關上箱子，草率的唸了下咒語：「呼呼啦——呆呆——多！」於是又打開箱子，這回果然有一隻肥豬在箱

子裡面彆扭的扭著屁股，一邊扭一邊抱怨：「我說就不能選擇個寬敞的地方跳舞嗎？這樣我實在發揮不了！」大家看到肥豬滑稽的樣子，都哈哈大笑起來，就連士兵也在捧腹大笑，一個士兵還在地上打起了滾！

公主歡快的跳了起來，她的臉頰紅撲撲的，看得出她非常喜歡這個滑稽的遊戲。於是她不斷的打開又關上箱子，箱子裡分別出現了刷牙的企鵝、倒立的兔子、挖鼻孔的樹袋熊，最後是聞自己腳臭的松鼠。

公主顯然非常喜歡這個黑箱子裡的遊戲，她高聲的大叫著：「這真是世界上最有趣的遊戲！」

貝拉和莫樂多想這回他們可要得到一個城市啦，對，一座結結實實貨真價實的城市！

卻沒想到這時公主卻努起了嘴，她對莫樂多說：「嗯，能不能變出大大的東西，那樣就更好玩了！」

莫樂多為難的說：「可是我的箱子就這麼大，變不出更大的東西了！」

女王顯然對這個答案很不滿意，她跺了跺腳，命令道：「我就是要變出大大的東西，否則——」這時宮殿裡的空氣一下子緊張起來，大家都在猜公主下面會說什麼狠話，公主說：「否則我就哭上三天三夜，就連皇祖母來了我也不停！」

貝拉和莫樂多長出了一口氣，他們以為公主要拿他們怎麼樣呢。但莫樂多也受不了一個女孩不停的哭，於是他答應道：「好好，我再做個大一點的箱子就是啦。不要哭嘛，沒見過你這樣做女王的！」

公主於是破涕為笑，她說：「三天，我就給你們三天，我等著哦！」然後，她朝旁邊的一個衛兵揮了揮手，衛兵趕緊剝了一個棒棒糖塞進了女王的嘴裡。

莫樂多和貝拉於是離開皇宮，又來到上次的鐵匠鋪。這回他們訂購了一個更大的鐵皮箱。莫樂多經過改造，在第三天的時候他們又一次來到了皇宮。女王早就不耐煩的等待著他們，看到他們來，興奮的說：「哈，好啊，你們可算來了，我等不及啦！」

莫樂多還沒有介紹這個箱子，或者說連話都還沒說出口，這個貪玩的公主已經一溜煙的爬進了箱子，「砰！」自己關上了門。這回事情變得糟糕啦！

因為，這個箱子的玩法和上次有點不一樣，莫樂多還沒來得及解釋，結果公主這一鑽，可是出狀況了！

慢慢的箱子的門打開了，裡面走出一個女王，緊接著從後面又走出一個。就這樣，一個一個從箱子裡居然走出了七個一模一樣的公主。七個公主你看看我，我看看你，大家都很好奇——「糟糕了，到底誰才是真的呢？」

七個公主可不管這些，她們居然坐在地上一起玩起了「拍掌」遊戲，渾然忘記了貝拉和莫樂多的存在。她們嘻笑打鬧著，有的居然還在地上打起滾來，整個皇宮沉浸在孩子們的歡聲笑語中。貝拉和莫樂多看到自己闖了禍，就趁著大家不注意，悄悄的溜出了皇宮。

一路上，貝拉問莫樂多：「多多，變出這麼多公主，可怎麼辦啊？」莫樂多也一籌莫展，他沮喪的說：「我也沒想到公主自己會跳進箱子，我們村長以前教我們變這個戲法時可沒有教我怎麼變回去，看來我們只有溜走了。你看一個貪玩女王已經夠嗆，現在又成了七個，糟透了！」於是他們悄悄的離開了忽忽國，繼續他們的旅行了。

那麼，皇宮裡的情況如何呢？其實，皇宮裡有了七個女王也不是壞事，貪玩的女王自從有了六個一模一樣的好夥伴以後可開心了，至少她從此再也不會無聊了。而且有一點更是美妙，那就是一個星期一個女王只要上一天班，她們輪流管理國家，有更多的時間拿來玩，這可是女王最開心的收穫。

女王貼出告示要找到貝拉和莫樂多，獎勵他們承諾中的城市，可惜的是——貝拉莫樂多早就灰溜溜的逃走了！

神祕花園的歌聲

這一天，貝拉和莫樂多漫步在一條幽深的林蔭小道上，路的兩邊長著高高的樹木，茂盛的枝葉蓋住了陽光，顯得馬路非常的幽暗。一陣風吹來，將春天樹葉的清香送到貝拉和莫樂多的鼻孔裡，使人心情格外的舒暢。莫樂多最喜歡春天。在他們的矮人村，每年一到春天，村裡就要舉行盛大的蘑菇大會，小矮人們會穿上漂亮的新衣裳載歌載舞慶祝嶄新的一年。莫樂多一想起那些快樂的場景，就快樂得跳起舞來。貝拉受莫樂多的感染，步伐也輕快起來，還哼起了歡快的歌曲：「啦啦——嚕，嚕嘻嘻——春天的草兒最芬芳……」

就在他們沉浸在快樂的節奏中蹦蹦跳跳時，一陣微弱而又悠遠的歌聲

傳進了他們的耳朵。歌聲非常的抒情，像悅耳的風鈴聲，一段一段的隨風飄來「啦——啦啦——啊——啊啊——」

貝拉停下來，側耳傾聽，他問莫樂多：「多多，你聽到了嗎？」莫樂多也停了下來，豎起兩隻大大的耳朵，點了點頭，說道：「好像是美妙的歌聲呢！是誰在唱呢？」

貝拉說：「我們順著歌聲的方向走去，一定能找到唱歌的人，好美妙的歌聲，一定是天使在歌唱吧！」

莫樂多贊同道：「嗯！歌聲的方向應該是前方。拉拉，我們走！」於是他們循著歌聲的方向走去，走著走著，歌聲也逐漸大了起來。這時，前方出現了一堵圍牆，一扇雕花的鐵門攔住了他們的去路。鐵門刷著翠綠色的油漆，上面有一把造型古怪的大鎖。貝拉和莫樂多抬頭一看，鐵門非常高大，歌聲分明就是從鐵門裡面傳出來的——「這裡面會是什麼樣的世界呢？」鐵門和圍牆將裡面和外面隔開，悠揚的歌聲像一縷青煙悠悠的飄

出，激起貝拉和莫樂多無限的好奇與疑問。

於是貝拉和莫樂多發揮了他們最拿手的本事——翻牆。從高高的圍牆上縱身一躍，他們來到了裡面。原來，裡面是一個美麗的花園，到處盛開著各種美麗而又不知名的花朵，有紅色的、黃色的花朵，也有藍色的、黑色的花朵。奇怪的是，花朵居然會一張一合，好像在附和著歌聲的旋律。貝拉和莫樂多看傻了，他們從來沒有見過這麼奇怪的花朵！

他們繼續往裡面走去，不遠處出現了一座小橋。走過小橋，前面出現了一座彎彎曲曲的走廊，走廊上雕刻著花朵的圖案。穿過長長的走廊，一個美麗的池塘出現在他們的眼前，池塘上盛開著各種水生的花朵，歌聲分明就是從池塘裡飄出來的。

貝拉和莫樂多聽著美妙的歌聲，兩個人都傻了一樣，沒有說話。這時，他們看到池塘的中心飄過來一朵紅色的花朵，在花朵的中心居然站著一位身穿綠色洋裝的「仙女」！「仙女」唱著悠揚的歌曲，原來她就是美妙歌聲的主人。「仙女」很小，小到可以站在貝拉或者莫樂多的手上。仙女來到他們跟前，花朵居然飄了起來，她微笑著對貝拉和莫樂多說：「歡迎你們，遠方的客人，你們能聽到我的歌聲說明你們是善良而不平凡的人！」

貝拉和莫樂多瞪著吃驚的大眼睛，貝拉嚥了口口水，問道：「您好，您是仙女吧？您的歌聲真是太美妙了！」莫樂多張著嘴，連連點頭。仙女說：「呵呵，我是花之國的娜娜公主，居住在這個祕密花園的池塘裡。我每天要給花朵唱歌，這樣它們就會美麗的盛開，它們都是我最好的朋友！」

貝拉和莫樂多這才知道眼前的小人兒原來是公主，他們都覺得公主非常美麗！公主戴著花朵的桂冠，手裡拿著一根銀色的小棍子。公主說：「歡迎你們來我們這裡做客，請到我的宮殿玩吧！」

貝拉和莫樂多為難了，因為和公主比起來，他們的個頭太大啦。公主看出了他們的顧慮，微笑著說：「我可以用魔法將你們變成和我一般大小，這樣你們就可以和我一起出發啦！」

貝拉和莫樂多連忙點頭，他們覺得這樣很好玩！於是公主揮舞手中的棍子，唸了一聲咒語：「啦西啦西多！」

貝拉和莫樂多神奇的縮小，瞬間變成了兩個和公主一樣大小的小人。他們「咯咯」笑著，邁上了公主的花朵，一起向著池塘的中央駛去。

過了一會兒，他們來到湖心，這裡有許許多多的花朵連接著，一個美麗的宮殿出現在貝拉和莫樂多的眼前。宮殿非常的精緻，到處盛開著美麗的花朵。

貝拉看到宮殿裡有許多昆蟲穿著不同的衣服，螞蟻穿著衛兵的服飾，七星瓢蟲穿著大臣的服飾，而在天空飛舞的蜜蜂看樣子應該是個將軍。最有意思的是一隻螳螂，他穿著大臣的服飾，看到公主帶著兩個小人說說笑笑進來，便恭敬的迎過來敬禮。公主介紹了貝拉和莫樂多，螳螂大臣表情凝重的說：「公主，我有一個緊急情況要通報您！」

公主說：「好的，安達伯爵，您說！」叫「安達伯爵」的螳螂說道：「黑月國的巫師沙拉今天送來了一封挑戰書，她要和您挑戰誰的魔法更厲害。如果您輸了，她要統治我們的花之國，還要流放您！」公主怔了一怔，問道：「那，如果我贏了呢？」伯爵說：「您贏了，她就永遠不來騷擾我們國家，還我們和平與安寧！」公主接過挑戰書，看了一會兒，表情很凝重。

公主告訴貝拉和莫樂多：「這個黑月巫婆是個邪惡的傢伙，她仗著自己精通魔法，經常來欺負公主和她的子民，大家都很討厭她！」公主對伯爵說：「看來我們要挖出花園裡埋藏多年的《花之國魔法書》。因為我掌握的魔法非常有限，如果不學習的話，一定不是巫婆的對手！」

於是，公主動員大家來到後花園，在一塊豎著石碑的地方開始挖掘。可是，挖了很久還是沒有挖出什麼東西來，大家都很疑惑。這時貝拉看到石碑的後面雕刻著一隻手掌的形狀，貝拉於是對公主說：「公主，您將手放在這個地方！」於是公主果然將手放在那個雕刻處。一下子，石碑震動了起來，石碑的側面出現了一個小門，裡面居然出現了一本魔法書！大家這才知道，原來魔法書是藏在石碑裡，還是貝拉眼睛尖！

公主打開魔法書，裡面記載了許多魔法的咒語，幾乎應有盡有，有文字也有圖片。魔法書的第一頁居然畫著一根魔杖，這和公主手上的魔杖是一樣的。原來，魔杖配合咒語才能發揮出神奇的魔力。

就在大家為找到魔法書而高興的時候，天空忽然烏雲密布，電閃雷鳴，一片黑色的烏雲迅速從遠處飄了過來，烏雲上居然坐著一個尖嘴猴腮的老巫婆。巫婆鼻子又長又尖，背很駝，難看的是年紀一大把了居然還紮著兩隻馬尾辮。不錯，這就是公主說的「黑月巫婆」。

大家都很緊張。巫婆從雲端下來，來到公主的眼前。她要和公主比試魔法了，可是公主還沒有開始學習呢！巫婆「嘿嘿」壞笑著，威脅公主：

「怎麼樣，可憐的小人兒，你直接認輸怎麼樣？」公主冷笑道：「你別做夢了，我會保護我的國家和人民，並且最終打敗你，除非你願意和我們和平相處！」

就在公主和巫婆在鬥嘴的時候，貝拉忽然靈機一動，他拉著莫樂多，拿起公主的魔法書躲在了周圍的草叢裡，貝拉悄悄的對莫樂多說：「多多，我們來幫助公主打敗巫婆！」莫樂多堅定的點了點頭。

巫婆手裡揮舞著一根黑色的魔杖，她念了一聲咒語，她的指甲開始變長，黑色的指甲向公主伸來，眼看就要抓住公主了，貝拉趕快翻開魔法書，匆忙的對公主說：「公主你跟著我唸——『啦達莫撒西』！」

公主於是用魔法杖一指巫婆，跟著唸了一句咒語，結果公主自己變成了一隻白色的小蟲子。巫婆看到公主變成了小蟲子，「嘿嘿」壞笑起來，她唸了聲咒語，「砰！」一下子變成了一隻兇惡的公雞，要來咬公主。蟲子爬到銀色的魔法杖上，貝拉一看情況危急，趕快翻到第八頁，他看到書上有一張狐狸的圖片，於是就叫道：「公主唸──『啊莫啦度索』！」於是公主跟著唸了一下，蟲子瞬間變成了一隻紅色的狐狸，這回狐狸反過來，要去抓大公雞。

大公雞嚇了一大跳，掉頭要逃，貝拉和莫樂多看到這一幕，開心的大笑起來，卻沒想到巫婆這回變成了一隻灰狼，要來抓狐狸。貝拉於是趕快把書翻到第六十四頁，上面畫著一隻老虎的圖案。於是公主又變成老虎，可是巫婆馬上變成大象，大象抬起粗壯的大腿，要來踩老虎。於是貝拉又教公主變成一隻老鼠，鑽到大象的鼻子裡，結果巫婆又變成黑貓要來抓老鼠。貝拉一看情況緊急，他直接將魔法書翻到最後一頁，這回他看到了一個厲害的魔法！

這回公主居然在貝拉的指導下變成了一朵巨大的花朵。巫婆變回本來的樣子，看到公主變成花朵，就得意的哈哈大笑起來，她說：「真是沒有招數了，變個花算什麼本事！」

於是，她大搖大擺的來到花朵的花心，要慶祝自己的勝利。這時花朵忽然一下子合了起來，將巫婆關在了花朵的裡面，任憑巫婆在裡面怎麼呼救，就是不打開。就這樣，過了很久，裡面好像沒有了動靜，於是花朵緩緩張開。在花心已經沒有了巫婆的影子，卻出現了一隻可憐的蜈蚣在哭泣，原來這個令人討厭的巫婆是蜈蚣變的。公主變回原形，她將蜈蚣裝在一個透明的瓶子裡，對著草叢裡的貝拉和莫樂多說：「這回我們戰勝巫婆啦！你們看，這個傢伙原來是蜈蚣變的！」

貝拉和莫樂多從草叢裡鑽了出來，他們也很開心，能夠用智慧戰勝巫婆。公主於是和他們回到王宮，受到大家的熱烈歡迎，公主正式封貝拉和莫樂多為花之國榮譽公民！並且，公主和臣民們熱情邀請貝拉和莫樂多參加他們的勝利慶典。在整個花園裡，到處擺滿了美味的點心，有花朵做的糕點、美酒等等。貝拉和莫樂多在花園裡整整玩了一個月，他們餓了就隨便吃草地上擺滿的美味佳餚，每天清晨和黃昏還可以和花朵一起欣賞公主曼妙的歌聲。

就這樣，一個月後貝拉和莫樂多的肚子吃得圓咕隆咚，像兩個充滿氣的大皮球。於是他們來到宮殿和公主提出告別，儘管公主和大臣們再三挽留，他們還是決定繼續他們美妙的遠行。

於是公主和花之國的人民一起來送貝拉和莫樂多。不過，這回離開就不用再使用他們拿手絕技——翻牆了。公主將他們變回了原形，從一個祕密通道他們離開了神奇的花之國。

小矮人村來信

這天，貝拉和莫樂多爬上了高高的大樹，大樹上開滿了白色的花朵。貝拉斜靠在大樹的樹枝上，嘴裡叼著一葉長長的青草。他看看莫樂多又看看遠方的白雲，悠閒的聊著天。莫樂多坐在樹枝上，晃蕩著雙腿，他也陶醉於眼前美麗的風景！這時，一陣微風吹來，樹葉發出銀鈴般的搖動聲，一陣清香撲鼻，哦，這是個美麗季節！

這時，天邊傳來一聲鳥叫的聲音，一隻白色的大雁從遙遠的天邊緩緩飛來，他們看到這隻大雁身上揹著一個綠色的包。大雁飛到大樹上空，盤旋了一下，降落下來，棲息在莫樂多坐的樹枝上。貝拉和莫樂多向大雁打了聲招呼：「嘿，你好！」

大雁打量過貝拉又打量了莫樂多，她對莫樂多說：「你就是矮人村的莫樂多吧？」莫樂多有點驚異，他點了點頭，回答道：「對啊，我就是莫樂多，請問您找我什麼事啊？」大雁鬆了口氣，拍了拍翅膀說：「哦，總算找到你了，有你一封信，你簽收一下。」莫樂多更加疑惑，他想：「誰會寫信給我呢？」

大雁看出莫樂多的疑惑，於是說：「哦，我是郵差雁鍾斯，專門負責給人送信的。上回我經過矮人村，你們村長委託我送這封信給你，他說大家都很想念你！」莫樂多一聽是村長的來信，眼圈一下子紅了起來，他想：「是啊，其實自己出門也挺久了，大家一定都在想念我了。」他也很想念大家，想著想著，不覺難過得要掉下眼淚。貝拉看到莫樂多一臉的憂傷，連忙提醒莫樂多：「多多，你先看信，看看村長怎麼說！」

莫樂多於是擦乾眼淚，接過雁鍾斯從背包裡拿出的信封。信封是藍色的，上面用矮人文字寫著：「小矮人莫樂多收」。莫樂多一看是村長的筆

跡，覺得非常親切，於是他打開信，讀了起來：

我們親愛的小矮人莫樂多：

今天我代表大家給你寫這封信，是要告訴你我們非常想念你。此刻你的好夥伴拉迪與卡莫就坐在我的身邊看著我寫這封信，他們也要我告訴你他們也非常想念你！

自從你離開矮人村以後，我們這裡發生了一些有趣的變化。比如我們在後山你最喜歡去的那片長著五彩花朵的草地上蓋起了一個有趣的遊樂園，平時我們在勞動之餘都會去那裡舉行快樂的蘑菇晚會。對了，拉迪還研究出了蘑菇的新吃法，就是串起來，抹上特製的奶油，味道可好吃了。昨晚的蘑菇大會上大家還說起了你，說如果你在的話就好了！

不過我寫這封信可不是要你回來。儘管拉迪與卡莫現在正盯著我寫信，似乎要我催促你回村，但我不這麼想。我覺得你是對的。我在年輕時也周遊過世界，在這個過程中我認識了許多有趣的人和事，學到了很多的東西。我知道一個人的經歷對他的重要性，我希望你在旅行的路上好好和你的好夥伴貝拉相處。對了，請替我向貝拉問好，感謝他對我們的幫助，路上有個親密的夥伴可是一件美妙的事情，你們要好好相處哦！

最後，我代表村裡的夥伴們向你問好，祝你一路上收穫快樂和友誼！

老村長拉莫

莫樂多一口氣看完了信，心裡覺得甜滋滋、沉甸甸的。說實話，他很想念大家，許多關於矮人村的美好回憶浮現眼前。他轉達了村長對貝拉的問候。貝拉開心的笑了笑，對莫樂多說：「多多，你為什麼不給村長寫封回信呢？村長如果知道你一路上所經歷的事情，一定會為你驕傲的！」郵差雁鍾斯也說：「對啊，你寫封回信，我給你送去！」

莫樂多於是吸了下鼻子，長長的呼了口氣，說道：「好的，我是要給大夥兒寫封回信！告訴他們我很好！」於是他向郵差雁鍾斯要了信紙和筆開始寫起來：

我最最親愛的村長和矮人村的夥伴們：

收到村長您的來信，我非常高興，我同樣也非常的想念大家。離開村子有段時間了，這段時間裡我經歷了很多有趣的事，也認識了不少有趣的朋友。我很開心，因為世界很大，每一天都有奇妙的事情發生。我想旅行使我開闊了眼界，但是說實話我也非常非常想念大家，想念我們快樂的蘑菇節，想念村長還有好夥伴拉迪與卡莫。

謝謝村長鼓勵我踏上周遊世界的旅程，我想我還會繼續走下去，一直到我覺得解開了許多未知的答案為止！我想這些答案都隱藏在每一個經歷和每一個陌生的朋友那裡，這些都需要我一點點去經歷。

很難將我一路上經歷的故事一個一個寫在信裡講給大夥兒聽。我只想說：等到有一天，我回來了，我會在篝火前給大夥兒講，就像可愛的村長給我們講的故事一樣。哈，我想到時候大家一定會說：「這個故事真精彩啊！」

對了，你們還記得上次來害我們的強盜三人組嗎？我告訴大家一個好消息，他們現在可再也不能做壞事啦，因為他們被警察抓了起來，誰叫他們老是做壞事。哈，你們看，這就是我旅行的收穫！好了，我將請郵差雁鍾斯帶回這封信給大家，並請她轉達我對大家的思念，對了，還有貝拉對大家的問候。請大家等待我旅行的歸來，我將帶回一大堆好玩的故事！

永遠愛你們的小矮人莫樂多

莫樂多寫完這封信後，將信裝進綠色的信封——這個顏色是他喜歡的，然後交給郵差，對雁鍾斯說：「那就辛苦您啦，非常感謝您！」郵差雁鍾斯熱情的拍了下翅膀，微笑著說：「嗨，你可別客氣，對我來說這是小菜一碟。再說了，若不是你們經常給遠方的朋友寫信，我們怎麼有工作啊。我還得感謝你呢！」

雁鍾斯說完後，揮動翅膀和他們告別。看著逐漸飛遠的雁鍾斯，貝拉拍了拍莫樂多的肩膀，對莫樂多說：「好夥伴，開心一點嘛，村長和大夥們如果知道你一路的經歷和收穫會為你高興的！」莫樂多抹了抹鼻子，從衣服口袋裡拿出一個蘑菇，咬了一口，看著遠方，開心的點了點頭。一陣微風吹來，森林裡充滿了美麗花兒的清香。

貝拉也想家了！

貝拉和莫樂多看著郵差雁鍾斯越飛越遠，他們坐在開著白色花朵的大樹上，繼續他們的說笑。一陣微風吹來，滿世界都是沁人的芬芳，遠處的白雲片片，那地平線的盡頭依稀能看到尖尖的屋頂和慵懶轉動的風車。

莫樂多津津有味的吃著蘑菇，這些蘑菇是他一路上收集的。每當他看到大樹下或者草地上的各種蘑菇時，他就會採集過來放在自己的上衣口袋裡，一個一個裝在一起，有時嘴饞了就隨手掏一個出來吃。蘑菇可是莫樂多最最喜歡的美食呢。莫樂多拿出一個最大的遞給貝拉，貝拉卻搖搖頭。貝拉雖然偶爾也吃幾個蘑菇，但他最愛的還是樹上結的或者是地上長的新鮮的水果，尤其是水汪汪的大桃子。一想到桃子酸酸甜甜的味道，貝拉總是會「咕咚！」「咕咚！」嚥下好幾口口水。

不過貝拉已經好幾天沒有吃桃子了。這幾天他新發現了一種水果，紫色的，味道特別鮮美。這幾天一口氣吃得太多了，現在牙齒正酸酸的，連蘑菇也咬不下了。莫樂多看著貝拉滑稽的表情，哈哈大笑起來。

莫樂多問貝拉：「拉拉，你說村長他們收到我的信，會是什麼表情啊？」貝拉想了想回答道：「嗯，我想一定是非常高興吧，說不定他們一高興還會舉行熱鬧的蘑菇節呢！」

「哈，蘑菇節上村長一定又會給大家猜謎語。他的謎語其實我都能猜出來。我們村長就是這樣，他以為自己的謎語是世界上最難猜的呢！」莫樂多瞳孔放大，看著遠方，彷彿已經回到了矮人村，在參加熱鬧的蘑菇晚會了！

莫樂多想了一會兒，忽然問貝拉：「對了，拉拉，你出來這麼久，是不是也和我一樣想念起爸爸媽媽還有夥伴們了呢？」貝拉聽了這個問題，怔了一怔，他說：「對啊，我好像也很想念爸爸媽媽呢，我怎麼光顧著提醒你寫信，自己怎麼就忘了呢？哦，我可能覺得我是可以不用想家的，但是看到你這麼想念你的村子和夥伴們，我也一下子忽然想念起我的爸爸媽媽來了！」

貝拉說著說著，情緒激動起伏，忽然放聲大哭起來，眼淚一串串往下掉。他哭了一會兒，忽然轉頭對莫樂多說：「多多，我出來也很久了，我也想爸爸媽媽！」莫樂多拍了拍貝拉，安慰道：「拉拉，那你為什麼不託雁鍾斯帶封信給你的爸爸媽媽，這樣他們也會放心你啊！」

貝拉說：「對啊，我怎麼沒想到呢？看來我都被你傳染啦，也想念家人了！」貝拉抹了抹眼淚，呼出一口氣，看著遠方說：「我生活的森林叫『陽光森林』，我和爸爸媽媽還有夥伴們生活在一個美麗的湖泊邊。森林裡有許許多多美味的水果，我也有一群好夥伴。但這次出來是得到爸爸媽媽的鼓勵的，他們說我多出來走走看看可以增長見識，還可以交到好朋友

呢！」貝拉說著笑了起來，他看了看莫樂多，說：「你看，我如果不出來，怎麼會認識你呢？哈！」

莫樂多覺得貝拉說得很對，他提醒貝拉：「貝拉，你也寫封信吧，下回碰到雁鍾斯可以託她帶給你的父母呀！」

貝拉愉快的點了點頭，但是他發現他沒有信紙和寫信的筆。莫樂多看出了貝拉的問題，於是就說：「拉拉，你先大聲的把信唸出來，我幫你記著，等到下回碰到雁鍾斯，我們再寫下來，然後寄出去，怎麼樣？」貝拉聽了，非常高興，使勁點了點頭，看了看莫樂多，又看了看遠方，開始大聲的「寫」起信來：

親愛的爸爸媽媽還有陽光森林的夥伴們大家好：

我離開森林已經很長一段時間了，時間有多長呢？我想應該是很長很長的，大概有一條河這麼長了！我好想念大家啊！在離開你們的日子裡，我遇到了很多有趣的人，也經歷了許多有意思的事情。爸爸媽媽說得對，在外面旅行的日子裡，我確實增長了見識，也收穫了友誼。你們看，莫樂多就坐在我的身邊。他是我在矮人村交到的好朋友，他現在和我一起結伴旅行，他最愛吃蘑菇！

在旅行的日子裡我和多多一起經歷了許多有趣的事。你們知道嗎？臭襪子會說話，還有神祕的紅樹森林裡有猜謎語的精靈。對了，我們還幫助警察先生抓住了三個強盜，他們可壞了，哈，我們稱他們為「強盜三人組」。

爸爸媽媽，我的旅行還沒有結束呢。我和拉拉還要繼續走下去，因為我們覺得還會有更好玩的事情和更有意思的人在未來的旅途中等著我們，請等著我帶回一路的故事。哈，到時候，我就靠在湖邊的大樹上，在月亮像大盤子這麼大的夜晚，我把我一路上的故事說給你們聽。你們一邊聽我說故事，一邊吃大桃子，哈！

好了，我的信好像寫完了，最後祝你們快樂，平安！

永遠愛你們的拉拉

貝拉唸好信，將眼神從遠方收回，他看了看莫樂多。莫樂多愉快的點了點頭，微笑的說：「嗯，我記住了，這真是一封令人愉快的信！」

貝拉笑了起來說：「拉拉，你幫忙記住哦，到時候碰到雁鍾斯你可要提醒我把它寫在信紙上！」

莫樂多吸了吸鼻子，拍拍自己的胸膛，說：「拉拉你放心吧，我用五個蘑菇保證，我準忘不了！」

貝拉和莫樂多愉快的笑了起來，天邊一片白雲飄了過來，遠處，美麗的鮮花在微風中搖擺著。

營救雁鍾斯

就這樣，貝拉和莫樂多坐在高高的樹上，他們聞著花朵的清香，數著天上的雲朵，愉快的聊著天。莫樂多愉快的想像著村長和小夥伴們收到信後高興的樣子。他在想：「村長是一個人讀完了信，然後露出微笑的表情，並說『莫樂多真是好樣的』呢？還是召集所有的村民，點上火把，大聲的朗讀我的信？總之，大家最後一定會知道莫樂多來信了。大家最後會知道嗎？一定會的，村長只要爬上那棵最高的樹，敲起矮人鐘，大家就會圍攏過來。然後，村長只要左手舉起我的信，哪怕是閉上眼睛，宣布一下：『我們的莫樂多來信啦！』村裡所有的人不就都知道了嗎？哈哈，對一定是這樣的！」

莫樂多越說越高興，他真想跑回村子看一看村長讀信的樣子。「村長讀信會戴上他那副誇張的老花眼鏡嗎？」貝拉嘴裡叼著一根稻草，斜靠在樹幹上，參與莫樂多的假想討論。但是他也在想：「我什麼時候才能把信送到爸爸媽媽手上呢？」

就在這時，天邊飛來了一隻麻雀，麻雀好像就是正向著他們飛來的。麻雀飛到近前，棲息在莫樂多身邊的樹枝上，似乎有點緊張。她喘了喘氣，問道：「請問你們是不是雁鍾斯說的貝拉和莫樂多？」貝拉和莫樂多連忙點了點頭，貝拉說：「是啊，我們認識雁鍾斯，她還答應幫我們送信！」

麻雀急促的呼出一口氣，接著說：「快，快去救雁鍾斯！」

莫樂多一聽，馬上站起來，著急的問麻雀：「雁鍾斯怎麼啦？你快說！」麻雀呼吸似乎緩和了一點，她說：「今天我和夥伴們在田裡找東西吃，忽然我聽到『砰！』一聲槍響。我順著槍響的方向看去，發現一個獵人在開槍，雁鍾斯被擊中了，從空中掉了下來。我們和雁鍾斯是朋友，她平時給大夥兒送信，挺辛苦的。然後我連忙飛過去，發現她身上是一灘血，她對我說：『快去找我的朋友貝拉和莫樂多！』她指著你們的方向。因為獵人朝我們這裡走來，我馬上就飛走了。我真怕他也給我一槍。我在遠處看到獵人抓起雁鍾斯把她綁到獵槍上走了！」

貝拉和莫樂多感到既吃驚又難過。莫樂多氣憤的說：「哼！獵人怎麼這麼壞，太殘酷了！」貝拉接著說：「就是，我們必須去營救可憐的雁鍾斯！」「對，一定要把雁鍾斯救出來！」莫樂多語調堅決。

麻雀點了點頭，說道：「這個獵人我知道，他的名字叫傑克。他有一桿槍，打死過不少動物。他住在山後面的小屋裡，我帶你們去！」

說完，麻雀就飛在前面帶路，貝拉和莫樂多在後面跟著。他們走了很久，翻過一座山，終於他們看到了麻雀所說的小屋。小屋在一個小河邊，小河的對面是一望無際的田野。天色已經接近黃昏，遠遠的看去，小屋的煙囪裡冒出了濃濃的黑煙。莫樂多急切的對貝拉說：「拉拉，我們要快點想個辦法救出雁鍾斯，否則她可要成為獵人的晚餐了！」

貝拉也很急切，他連忙點了點頭，對莫樂多說：「多多，我們悄悄的潛伏過去，先瞭解一下裡面的情況，看看雁鍾斯是否在裡面。」

莫樂多點了點頭。這時，麻雀飛了過來，自告奮勇的說：「我去打探，你們太大了容易被發現！」於是她飛了過去，停在小屋的窗口前往裡張望。過了一會兒麻雀飛了回來，對躲在遠處草垛後的貝拉和莫樂多說：「在裡面呢，被綁著掛在牆壁上，看樣子她要成為獵人的晚餐了！」莫樂多一聽眼淚「嘩嘩」就流了出來，他難過的問：「那怎麼辦？怎麼辦呀？」貝拉也抹了抹濕潤的眼睛，冷靜的說：「你們看到沒有，門口有一條在睡覺的金毛犬，如果我們貿然去營救，勢必會驚醒金毛犬，那麼我們就會被發現。所以我們非得想辦法引開狗，才有機會救出雁鍾斯。」

貝拉接著問麻雀：「對了，還不知道你叫什麼名字呢？」麻雀說：「我叫薇薇安，很高興認識你們！」貝拉接著說：「薇薇安，你認識金毛

犬嗎？」薇薇安說：「認識，他是獵人的助手，但我們以前也聊過天。他只幫獵人找到擊落的獵物，自己倒從來沒有主動傷害過別人。」

貝拉沉思了一下，說：「這就好辦了。薇薇安，你去叫醒金毛犬，把他帶到我們這裡來！」莫樂多和薇薇安一聽都嚇了一大跳。莫樂多說：「拉拉，你瘋了，他可是獵人的助手，萬一他叫來了獵人，不是沒法營救雁鍾斯了？」貝拉堅定的看著莫樂多，說道：「他如果叫來了獵人，我們就能營救雁鍾斯了！」

莫樂多眼珠轉了三圈，他開始相信貝拉的計畫！薇薇安於是飛了過去，在金毛犬的耳朵旁邊「啾啾」的叫著。一會兒，金毛犬被叫醒了。金毛犬很肥，懶洋洋的，他和薇薇安聊著，一會兒向貝拉這邊看來，接著就跑了過來。他來到草垛旁邊，眼睛撲閃撲閃的，向貝拉和莫樂多打招呼：「嗨，我是金毛哈莫，我聽薇薇安說你們需要我的幫忙？」

貝拉說：「是的，哈莫，我們非常需要你。你知道嗎？我們的好朋友雁鍾斯被擊落後綁在獵人的房間裡，我們必須救她出來！」莫樂多說：「你會幫我們的，是嗎？」哈莫說：「當然！薇薇安她們一直以為我是主人傑克的幫兇，大家都不和我做朋友。其實，她們不知道我暗中救了不少的動物朋友。」莫樂多一聽有點糊塗了，他問：「你平時不是幫你主人去尋回被擊落的獵物嗎？你可是你主人的同夥！」

哈莫聽了，眼圈紅了起來，表情很黯然，他說：「其實，我是趕在主人之前找到被擊落的動物，如果動物已經死了，我就會帶回給主人，如果還沒死我就把他們藏起來，騙主人我找不到他們，救他們一命！」

貝拉聽了大受感動，他緊緊擁抱了哈莫，由衷的說了一句：「真是天下動物是一家！」莫樂多抹去淚水加了一句話：「不對，是天下動物加小矮人是一家！」貝拉又問：「那這次雁鍾斯被擊落你為什麼沒有出現呢？」哈莫說：「我病了，正在休息呢！」

貝拉接著把自己的營救計畫對哈莫仔細的說了一遍，哈莫堅定的點了點頭，就朝小屋方向去了。到了小屋的門口，哈莫開始「汪汪」大叫起來，聲音很大，甚至有點歇斯底里。一會兒房子的門打開了，獵人傑克從裡面出來，他好像問了哈莫什麼問題，接著就跟著哈莫朝後山跑去。說時遲那時快，貝拉和莫樂多快步跑向小屋。他們進了屋，看到被倒掛的雁鍾斯。雁鍾斯的腿上中了一槍，血液都凝固了。莫樂多趕緊將雁鍾斯綁著的繩子解開。雁鍾斯睜開奄奄一息的眼睛，看到是貝拉和莫樂多來救她，欣慰的說了一句：「我知道你們會來救我的。」就暈了過去，莫樂多把雁鍾斯抱在懷裡。貝拉看到獵人的槍還放在門邊，槍的旁邊還放著雁鍾斯的背包，於是靈機一動，隨手拿起槍，再揹起背包和莫樂多朝著獵人跑的相反的方向跑去。經過湖邊時，貝拉將獵槍用力的扔到了湖裡，然後繼續往前趕路，麻雀薇薇安在前面飛著帶路。就這樣，他們跑過一片麥田，進入了一片濃密的森林。

貝拉和莫樂多氣喘吁吁，他們看到已經離獵人的小屋很遠了，於是坐了下來，靠在樹邊。莫樂多抬起雁鍾斯受傷的腿，看到她的腿被打中了，所幸沒有打斷，子彈是擦過去的。但雁鍾斯因為流血太多，氣息微弱。莫樂多將自己的衣服袖子撕了下來，給雁鍾斯包了起來。貝拉去小溪邊弄來了清水，給雁鍾斯喝下。莫樂多從口袋裡拿出蘑菇，掰了一點送到雁鍾斯的嘴邊。雁鍾斯喝了水，吃了蘑菇，總算有力氣睜開眼睛，虛弱而又欣慰的對他們說：「謝謝你們，沒有你們我可就成了獵人的晚餐了！」

貝拉說：「不要多說話，好好養傷！我們是朋友，作為朋友這是應該做的！」薇薇安也來了，她看到雁鍾斯得救了，也非常的高興，大家於是又說笑起來。就這樣，他們在森林裡待了好幾天，一直到雁鍾斯傷病澈底痊癒了。雁鍾斯打算繼續啟程，因為作為郵差，她還要給需要的人送信呢！

莫樂多提醒貝拉，貝拉於是在莫樂多的提示下寫好了送往「陽光森林」的信。他把信裝在信封裡，然後交到雁鍾斯的手上，並對雁鍾斯說：

「那就拜託您了！」雁鍾斯接過信，非常高興，她準備這就出發。臨走時她親密的擁抱了每一位，並對薇薇安說：「安安，謝謝你，謝謝你叫大家來營救我！」薇薇安抹了抹眼淚，笑著說：「你真見外，一人有難，大家支援是應當的啊，我相信換做是你也會這樣做的！」

雁鍾斯點了點頭，微笑著展開翅膀，飛走了。

那麼，金毛犬哈莫的情況怎麼樣了呢？原來那天，哈莫狂叫著把主人吸引過來，一直將主人騙到了後山空曠的草地上。主人以為他發現了什麼獵物，沒想到哈莫卻對著主人跳起了扭屁股舞，而且一邊跳還一邊說：「主人，你看我這樣跳是不是很好看啊？」結果激怒了主人。再加上主人回來後發現大雁不見了，和大雁一起消失的還有他的獵槍，獵人非常生氣，一怒之下狠狠的揍了哈莫一頓。哈莫鼓足勇氣離家出走，從此成了一隻流浪狗。成了流浪狗的哈莫卻成了動物界的英雄，大家這才知道哈莫一直潛伏在傑克身邊做著大量搶救傷患的「地下工作」，所以無論哈莫走到哪裡，都受到動物們熱情的招待，這時他才明白做一條獨立自主的「自由狗」是多麼快樂的事情。從此森林裡、小河邊、後山上、麥田裡到處閃現哈莫行俠仗義的身影，「俠客哈莫」成了動物們茶餘飯後談論最多的話題。

那麼，那個壞傢伙怎麼樣了？誰？就是獵人傑克啊！哦，他沒有了獵槍，又失去了助手哈莫，從此他只能做一個農民。但是他後來發現：其實做農民比做獵人踏實多了，至少地裡長的糧食不會像打落的獵物那樣莫名其妙的「不見了」！

哈哈，只是他也有一個小小的煩惱，那就是每年到了豐收的時節，一隻叫「薇薇安」的麻雀會帶一大群夥伴來吃他的稻穀。每到這時，他都很無奈，而薇薇安會說：「哼，誰叫你以前老是欺負我們動物！」

貝拉和莫樂多自從雁鍾斯飛走後，又開始了他們周遊世界的旅行。

超級奶油坦克

貝拉和莫樂多告別雁鍾斯後，繼續他們的旅程。他們走出濃密的森林，跨過一條河，穿越了一望無際的田野。他們看到嫩黃的油菜花鋪滿田野，彷彿是一條黃色的新被子把大地當做它的床鋪。遠山層層疊疊，在陽光下泛著青光。他們走啊走，過了很久，終於穿越了最遠的地平線，一個小鎮慢慢的出現在他們的眼前。田野和馬路之間，他們看到了一樣奇怪的東西！

這個東西好像荒廢了，丟棄在田野上。仔細一看，才發現它原來是一輛綠色的坦克。坦克斜靠在田野與馬路的中間，它的炮管歪歪的斜放著，彷彿是一個無聊的小丑，斜靠在田野上偷享著悠閒的時光。

坦克上的油漆也剝落了，這是一輛被人廢棄的坦克！貝拉和莫樂多看到坦克非常高興，畢竟他們還是第一次看到一輛真正的坦克！雖然是一輛可能已經沒有用了的老坦克，但，管他呢，這畢竟是了不起的發現！

貝拉上前摸了摸又敲了敲坦克，坦克發出「鐺鐺」的金屬敲擊聲。莫樂多爬上了坦克，他朝下看看，發現坦克上面有一個圓圓的蓋子。這時，莫樂多想也沒想就打開了蓋子，爬進黑乎乎的坦克裡。莫樂多在裡面，「呀」的大喊了一聲，貝拉聽到了，趕緊也好奇的爬了進來。他們發現了一些操縱按鈕，於是七手八腳的按起了按鈕，一直到貝拉不小心按到了一個綠色的按鈕，坦克一下子動了起來。原來這是一個電源開關，這輛坦克還可以開！兩個人一下子無比的興奮起來。經過一陣摸索，他們逐漸掌握了坦克的操作。他們可以讓坦克的炮管左右上下的來回轉動，也可以讓坦克開動起來。這回兩個小傢伙樂壞了，他們從來沒有開過坦克呢！

莫樂多和貝拉說：「拉拉，我們開著坦克上路吧，你看多威風啊！」

貝拉更加興奮，使勁的點了點頭。於是一輛有點破舊的綠色坦克上路了。他們發現這輛坦克沒有炮彈，不過這也沒什麼，一輛坦克在馬路上開，這不是已經很厲害了嗎？

就這樣，他們駕駛著坦克進入了小鎮。坦克開得很慢，發出「轟隆隆」的機械轉動聲。這時他們看到街道上有一間蛋糕店，店門口有一個小夥子在哭泣。貝拉和莫樂多停下了坦克，他們打開蓋子，從裡面爬出來。貝拉朝小夥子敬了個軍禮，然後問道：「請問一下，您為什麼哭泣啊？」

小夥子看了他們的坦克一眼，又看了看貝拉，摸了摸鼻子，說道：「哦，你好，我是開蛋糕店的。我做的美味蛋糕都沒有人來買，我打算把蛋糕都扔掉，但一想到要這麼做，我就覺得非常難過！」

貝拉聽了也為他感到難過，他說：「沒有人來買，說明大家還不知道你的蛋糕的味道有多好呢！這樣吧，你把蛋糕都給我們，說不定我們還可以為你做做廣告，扔掉了多可惜啊。」

莫樂多聽了，高興的連連點頭，說道：「是啊，可不要扔了，這樣是很浪費的，你給我們吧，我們全要了。」

年輕人一想反正也賣不出去，就送給他們吧！於是他們一起把店裡的蛋糕搬到了坦克裡，然後貝拉和莫樂多向年輕人揮手告別。年輕人因為處理完了蛋糕，心裡好受了一些，於是也開心的和他們揮揮手告別了。

貝拉和莫樂多開著裝滿蛋糕的坦克繼續前進，他們一邊開，一邊大口大口吃著美味的蛋糕。莫樂多滿嘴的奶油，他好奇的問：「真奇怪，這麼美味的蛋糕怎麼會賣不出去？」貝拉嚥下一口蛋糕，想了想，說：「其實，這和他沒有做廣告有關係。沒有人知道，再好吃也沒人來買啊！」莫樂多想了想，他覺得也是這個道理。

就這樣，坦克緩緩的開著。這時他們聽到一個房子的二樓窗戶裡傳來了一個小女孩的哭聲，聽聲音哭得可傷心啦！貝拉停下坦克，和莫樂多鑽出腦袋，仔細的傾聽。他們聽到一位女性的聲音安慰道：「孩子，別哭了，生日沒有蛋糕，但有媽媽的祝福不是也很好嗎？」可是，哭泣聲卻因為安慰更加傷心了，只聽小女孩邊哭邊說：「不，沒有蛋糕，怎麼看都不像是生日呢！媽媽不是答應過給我買一個生日蛋糕的嗎？」接著，窗戶裡傳來了母親歎氣的聲音。

貝拉和莫樂多說：「多多，我們送她一個蛋糕怎麼樣？」莫樂多一聽，高興的連連點頭。他們鑽進坦克，將一個大大的生日蛋糕裝進了炮管。炮管對著二樓的窗戶瞄準好了，然後，他們按下了發射的按鈕。接著，「嘭！」的一聲，從炮管裡射出了一個蛋糕。蛋糕飛進了窗戶，正好落在了小女孩的桌子上。這時，窗戶裡立刻傳出了小女孩和母親歡快的笑聲。貝拉和莫樂多聽到笑聲，他們互相激動的擊了下手掌，駕駛著坦克繼續前進。

坦克開著開著，經過一個牧場。這時通過坦克裡的瞭望孔，貝拉發現一隻大灰狼正在悄悄的接近一群綿羊。綿羊們正在草地上悠閒的吃草，完

全不知道大灰狼的行動。眼看著大灰狼張開大嘴就快要咬到一隻綿羊的屁股了，貝拉和莫樂多趕緊在炮管裡裝了一個奶油蛋糕，順便在裡邊塞進了幾個水果布丁，然後開始瞄準——「嘭！」「炮彈」發射出去後，正好不偏不倚擊中了大灰狼的腦袋。這時，只見大灰狼滿腦袋上都是奶油，嘴巴裡還塞著一塊水果布丁，疼得「哇哇」大叫呢。很快，綿羊們也發現了可惡的大灰狼，大家馬上團結起來，一起跑過來用腳大力向大灰狼踢去。可憐的大灰狼，被踢得全身是傷，狼狽的朝後山一瘸一瘸的逃走了！

貝拉和莫樂多可高興了，他們發現坦克和奶油炮彈威力無比，哈哈大笑著繼續前進。

這時他們來到了小鎮的廣場上，他們發現廣場上有很多人在這裡舉行慶祝活動。大家看到一輛破舊的坦克緩緩開了過來都很高興，以為是小鎮邀請的表演車來了，有些人還用彩帶掛在坦克上。大家圍著坦克唱起歌，跳起舞，在裡面的貝拉和莫樂多也被快樂的節日氣氛所感染，在坦克裡搖著頭扭起屁股來。這時，莫樂多提議道：「拉拉，我朝天發射蛋糕吧，就像節日時放的禮炮一樣！」

貝拉覺得這是個好主意，而且也可以宣傳一下蛋糕店的蛋糕，於是他們給炮管裝進了十幾個蛋糕，然後將炮管搖向上空，開始發射。奶油炮彈一個個被射向天空，然後又垂直下降，一個個撞到居民們的腦袋上。大家紛紛跑過來，抓蛋糕吃，大家人擠人，搶得不亦樂乎。人群裡爆發出歡快的笑聲和讚美聲：「真好吃的蛋糕！」

「好神奇的炮彈蛋糕！」

「好美味啊！」

這時貝拉和莫樂多鑽出坦克，向人群大聲的宣布：「大家好，這麼好吃的蛋糕可是小鎮蛋糕店的哦！」

於是，大家馬上都知道了原來小鎮的蛋糕店可以買到最最美味的「炮彈蛋糕」。就這樣，蛋糕店一下子就聲名大噪了！

就在大家沉浸在快樂的慶賀中時，一個小孩從遠處氣急敗壞的跑了過來，他一邊跑一邊大聲的叫著：「糟、糟糕啦，不得了啦！後山的狼群要來襲擊我們啦！」

小男孩這麼一叫，人群一下子混亂起來。大家聽說是一群野狼要來襲擊小鎮，大家都慌了神。人群開始騷動起來，眼看人群就要四散逃命了，這時，貝拉大喊了一聲：「大家不要怕，我們要去迎擊狼群，打敗他們！」

這時一個老爺爺說：「怎麼打敗他們啊，聽說是一大群狼呢！」

貝拉想到了，這肯定是剛才那隻被奶油蛋糕擊中的大灰狼逃回去後糾集了一群同夥來復仇了，於是他問莫樂多：「多多，我們還有多少蛋糕？」

莫樂多看了一下，哭喪著說：「拉拉，沒有啦，只有一小塊布丁了！」

貝拉對大家喊道：「請大家提供一些東西好讓我們作為炮彈用！」

「那麼你需要什麼來做武器呢？」一個小男孩問道。

「都可以，你們看，連蛋糕都可以當炮彈咧！」莫樂多回答道。

就這樣，大家得到啓發，開始動員起來。有的人提供了雞蛋，有的人拿來了火腿腸，還有的人抱來了一大把的大白菜，還有快要爛掉的番茄。這時人群裡擠進了一個紅鼻子男孩，他氣喘吁吁的抱來了一個包裹。包裹圓咕隆咚的，裡面好像是一個球，誰知道呢？一下子坦克被裝得滿滿當當的，再也裝不下了，貝拉於是大聲的告訴大家：「夠了夠了，我們要出發了！」

於是小鎮的居民們紛紛拿著木棍、掃帚還有一切可以當做武器的東西尾隨在坦克的後面，浩浩蕩蕩的向著小男孩指的方向開去。一會兒，大家果然看到一大群狼烏壓壓的在小鎮的周邊集結，氣勢洶洶、來者不善。領頭的就是那隻被奶油蛋糕擊中的大灰狼。這個傢伙這回得意洋洋、大搖大擺的走在狼群的前面。後面是一群剽悍的各色灰狼，一場恐怖的「血洗」即將展開。

居民們躲在坦克的後面，大家都很緊張，那個紅鼻子男孩已經開始發抖。貝拉和莫樂多卻非常鎮定，他們彼此交換了下眼神，開始準備。莫樂多往炮筒裡裝「彈藥」，他塞進了一籃子雞蛋，再塞進了二十個爛番茄。貝拉開始瞄準，對著狼群的中央，他按下了藍色的連發按鈕。「砰！」「砰！」「砰！」炮管接連不斷射出各色「炮彈」，一下子，一些狼腦袋上中了雞蛋，一些呢則中了番茄，狼群裡「啊！」「啊！」的發出了慘叫聲。哈，看來打得挺準的，人群一下子爆發出快樂的歡呼聲。歡呼聲一下子驅逐了人們對狼的恐懼，大家反而覺得是在看一場精彩的表演。有些人甚至得意的說：「哈，這個西紅柿是我提供的！」另一個聲音說：「哈，雞蛋是我家的！」

狼群被第一輪攻擊打中後，似乎開始有所防備。帶頭的大灰狼開始指揮起大家：「快，大家用木頭盾牌擋住炮彈，我們加速進攻！」

大灰狼這麼一叫，群狼們居然紛紛拿起了木頭做的「盾牌」。頂著盾牌，他們加速了前進的步伐，形勢一下子危急起來。莫樂多見狀，趕緊將大家提供的「彈藥」一一裝進炮管。貝拉也配合得天衣無縫，一次又一次的迅速按下藍色按鈕。這時，只聽見「嗖！」「嗖！」的轟響聲不斷，「炮彈」像雨點般密集的打向狼群。

問題是，這回狼群也確實學聰明瞭，炮彈雖然紛紛擊中他們的盾牌，對狼群卻沒能直接產生打擊效果。眼看著狼群已越來越接近坦克，距離只有一百米那麼近了，貝拉這才意識到危險的嚴重性。他催促莫樂多：「多多，快！快！快裝彈，我們要繼續攻擊他們！」

這時，莫樂多對貝拉說：「拉拉，沒有子彈了！」

貝拉一聽，以為自己聽錯，他看了看後面，果然「炮彈」打光了！且慢！還有一發沒有被打出去哩，那就是那個紅鼻子男孩抱來的裹著布的「神祕球」還沒使用。於是，貝拉對莫樂多說：「來，多多，把最後一發炮彈裝進去，我們要戰鬥到最後一刻！」莫樂多點了點頭，裝進了最後一發炮彈。貝拉對準狼群，再次打出了炮彈。炮彈在空中劃了個弧線，在狼群的上空停住了，接著「炮彈」外面裹著的布一下子打開了，從裡面成千上萬的馬蜂飛了出來。馬蜂們紛紛飛向進攻的狼群，有的叮狼的鼻子，有的扎狼的屁股，還有的飛進了大灰狼的耳朵裡面，結果狼群們頓時大亂起來。

原來，這最後一發「炮彈」是一個被布包裹起來的馬蜂窩！居民們看到狼群陣腳大亂，已經沒有了戰鬥力，大家從坦克後面大喊著殺出，用掃帚、木棍、鍋鏟等一切「武器」和狼群展開戰鬥。狼群一下子被擊潰了，真的是逃的逃，傷的傷，那隻可惡的領頭狼還被活捉了！

這場戰役小鎮居民完勝狼群，取得了輝煌的勝利！大家非常高興，紛紛圍繞著貝拉和莫樂多的坦克慶祝起來。大家把貝拉和莫樂多看成是世界上最最厲害的英雄，貝拉和莫樂多看到小鎮居民這麼熱情都有點不好意思了。

晚上，小鎮居民們在廣場舉行了盛大的慶祝儀式。小鎮鎮長發表了熱情洋溢的演講，對貝拉和莫樂多的「英雄壯舉」給予了高度的評價，並頒發了小鎮「榮譽居民」勳章。大家紛紛要貝拉和莫樂多發表講話，貝拉和莫樂多經過商量後，貝拉對著熱情洋溢的居民們講演道：「非常感謝大家的熱情款待。其時，在這次的戰鬥中，大家都是英雄，請大家為自己的勇敢歡呼吧！我們不是英雄，但是我們覺得看到了別人有難出手相助是應該做的事情。另外，我和多多經過商量決定捐出坦克，好讓它能保護我們的小鎮，如果有狼再來襲擊，可以繼續用它來保護自己的家園！」

人群頓時爆發出歡呼的聲音，大家高興的鼓起掌來。接著，莫樂多說道：「哈，還有一點哦，你們知道嗎？我們小鎮蛋糕店的蛋糕味道確實美味，相信大家都嘗到味道了吧！哈哈！」

大家一下子開心的笑了起來。

「味道真不錯，太好吃了！」人群紛紛發出這樣的評價。「那就請多多關照他們生意哦！拜託大家啦！」

這時，那個年輕的小店老闆從人群裡擠出來，他紅著臉，有點不好意思，對著大家宣布道：「哈，我決定啦，我給我的蛋糕店改名字啦，叫做『炮彈蛋糕店』。哈哈，而且我宣布——」他開心的大聲說道：「今晚每個人都可以免費吃一個我們店的蛋糕，我買單啦！」

「好！」人群爆發出了潮水般的歡呼聲！

貝拉、莫樂多和大家一起快樂的慶祝起來，慶祝活動持續到深夜，人們才慢慢的散去。這一晚貝拉和莫樂多就睡在坦克裡面。說實話，他們還真有點捨不得這輛了不起的坦克呢！

但他們知道小鎮居民比他們更需要這輛坦克，第二天天亮時，他們從坦克裡出來，將坦克交給了鎮長。在大家的歡送下，他們告別小鎮，再一次開始了他們精彩的旅程。

厲害的「哈狗幫」

貝拉和莫樂多正要告別小鎮的人們，繼續他們的旅行時，一個男孩從送行的人群中鑽了出來，氣喘吁吁的擠到貝拉和莫樂多跟前。貝拉和莫樂多一看，這不是那個提供「馬蜂窩」炮彈的紅鼻子男孩嗎？

男孩對他們說：「請等、等一下，黑臉婆婆的馬戲團來了，你們不去瞧瞧去？」

大家聽說鎮上來了個馬戲團，都很興奮，鎮長於是拉著貝拉和莫樂多的手熱情的挽留他們：「請留下來看看馬戲團的表演吧，我想一定很精彩的！」

蛋糕店的年輕老闆也熱情的挽留：「是啊，請留下來看看吧，大家可

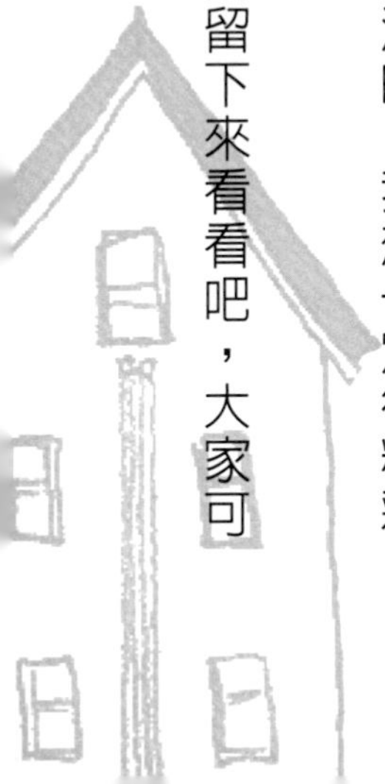

以在一起多一點時間呢！」

其實貝拉和莫樂多一聽說有馬戲團來小鎮表演也很好奇，他們還記得上次碰到「開心」與「不開心」馬戲團的趣事。貝拉想起這些事，他問莫樂多：「多多，你還記得那個『不開心』馬戲團那幾隻笨笨的鴨子嗎？」

莫樂多聽到這句話，「噗哧」笑了起來，他說：「當然還記得啦，哈哈，我還記得『開心』馬戲團那隻刷牙的斑馬呢！拉拉，我喜歡看馬戲團的表演！」

貝拉點了點頭，他說：「我們去看看黑臉婆婆馬戲團的表演吧！」

於是，他們和大家一起朝中心廣場走去。不遠處，他們看到了馬戲團的帳篷，帳篷的顏色烏黑烏黑的，遠遠看去就像一朵烏雲。帳篷外有一個稻草人小丑站在門口，稻草人手裡拿著一面古怪的旗幟，一搖一擺好像在招徠顧客。大家走近了，看到馬戲團帳篷裡的舞臺對著大街，舞臺上面站著一個黑衣服、黑斗篷的婆婆，婆婆的臉也黑黑的。總之，如果要用一個字來形容這個馬戲團和馬戲團裡的婆婆，那就是——「黑」！

好奇的人們把舞臺圍得嚴嚴實實的，大家都想看看這個黑臉婆婆會表演什麼有趣的節目。黑臉婆婆看大家都圍攏了過來，就興奮起來，她「嘿嘿」的笑了起來，聲音在大白天聽來也有點陰森森的。她說：「各位，不錯，我就是世界上最棒的魔術師，傳說中最最厲害的黑臉婆婆。」

說到這裡，從舞臺後面跳出來六隻癩蛤蟆，她們集體「呱呱」的叫起來，好像是給黑臉婆婆喝彩。黑臉婆婆接著說：「我下面要表演的節目，一定會讓你們大吃一驚，而且你們一定沒有看過。」

說完後，她扯下自己的黑斗篷，故作神祕的抖了一抖，大家都好奇的盯著婆婆。只見婆婆用力將斗篷一揮，從斗篷後面居然變出一個大大的紅色箱子，上面畫著奇怪的圖案。大家看著婆婆的表演都看呆了，人群裡爆發出一陣歡呼聲，婆婆很得意。接著，婆婆「哆哆哆」的敲了敲皮箱，沒想到皮箱也對應的發出「哆哆哆」的敲擊聲。大家猜想：「皮箱裡面一定裝了個什麼東西吧?」這時,只見婆婆緩緩的將皮箱打了開來,大家定睛一看,皮箱居然是空的!等大家回過神來,再一次爆發出了熱烈的掌聲,而那群癩蛤蟆也「呱呱」的吆喝著,製造氣氛。

婆婆再一次打開了皮箱,這回皮箱裡居然鑽出了一隻河馬,大家開始大大震驚了。但是還沒完呢!皮箱裡接著又陸續鑽出了一隻灰色的犀牛,還有一隻長頸鹿,動物們好像是從門口進來一樣,源源不斷的從皮箱裡鑽了出來,將舞臺佔得滿滿的。一大群動物呆呆的,表情麻木,一字排開。這個表演簡直太神奇了,觀眾也被這個表演所折服,紛紛報以掌聲。可就在這時,婆婆又揮了揮手讓這群發呆的動物陸陸續續從皮箱裡鑽了回去,這樣舞臺又只剩下婆婆和製造氣氛的六隻癩蛤蟆了。

這時婆婆對臺下的觀眾說:「好了,現在哪位觀眾願意上來和我一起演出?」她說完後環視四周,這時她的眼睛停留在莫樂多的臉上。然後,婆婆伸出手對著莫樂多說:「這位小矮人先生,請你上舞臺來!」於是,大家慫恿莫樂多上了舞臺，莫樂多覺得挺不好意思的，臉馬上紅了起來。只見婆婆在莫樂多的眼睛前面揮了揮手，打了個響指，莫樂多的表情一下子就呆滯起來，「吃吃」的傻笑著，就像剛才那群從箱子裡變出來的動物們的模樣。然後，婆婆朝箱子指了指，莫樂多於是朝著箱子走去，然後鑽進了箱子，蓋上了蓋子。接著，婆婆打開箱子，六隻癩蛤蟆也跳了進去。最後，婆婆自己也鑽了進去，在蓋上蓋子前，婆婆對所有的人說：「哈，你們這群笨蛋，如果你們想要回你們的朋友，就用坦克和灰狼湯姆來換吧！」

說完後，黑臉婆婆蓋上了蓋子，這時大家都還沒有緩過神來呢！過了一會兒，貝拉覺得：「不對啊，箱子怎麼沒動靜了？」貝拉一邊想著一邊走到舞臺上，打開箱子一看，箱子裡面空空的，什麼也沒有。這下他才意識到事情嚴重了，這個黑臉婆婆是利用馬戲團表演的方式，在眾目睽睽之下「綁架」了莫樂多，而大家還以為是一場精彩的演出呢！

這下大家都著急了，鎮長對貝拉說：「拉拉，這可怎麼辦呢？很顯然莫樂多先生是被綁架了！」

貝拉也很著急，他看了看大家關切的目光，說道：「黑臉婆婆的條件是要我們用坦克和大灰狼跟她交換。莫樂多已經成了她的人質啦！」

鎮長說：「那怎麼辦，我們和她交換吧，還有什麼比人的生命更可貴的！」

貝拉聽了也很感動，他點了點頭，問鎮長：「我估計，這個所謂的『黑臉婆婆』一定是那群狼請來的救兵。請問，這群狼到底是來自哪裡的啊？」

鎮長說：「這群狼住在小鎮北邊河對面的深山裡，平時成群結隊的專幹壞事，所以我們才從外面買了輛二手的坦克。但是，我們這裡沒有人會開，而且坦克老是故障，最後就被丟在田野裡了。但儘管這樣，還是能夠起到威嚇作用的。一直等到你們來了之後，才算真正使用了坦克擊敗了狼群！」

貝拉一聽，才明白了事情的原委，而他們卻是歪打正著學會了駕駛坦克的呢。現在「戰俘」大灰狼還被關押在小鎮的鐵籠子裡，這時他正得意洋洋的等待著婆婆救他出去。貝拉來到籠子前，對大灰狼說：「喂，我說那個黑臉婆婆是你什麼人啊？」

大灰狼非常得意，他說道：「呵呵，告訴你也無妨，她是我舅媽，她可厲害啦。如果你們不放了我，你們一個鎮都會被消滅掉，哈哈！」

貝拉聽了非常氣憤，他想：「不行，不能就這樣放了這個傢伙！雖然這樣可以換來多多，卻恐怕會招來更大的禍害。得想個別的辦法救出多多才行！」就這樣，貝拉一個人邊想邊走，來到了河邊，對著河水認真思考起來。這時，後面有人拍了拍他的肩膀，他回頭一看，原來是那個紅鼻子男孩。男孩對貝拉說：「拉拉，我聽說在北山一帶活動著一個神祕的組織叫做『哈狗幫』，據說他們專門為動物和人們做好事，而且本事也很大，來無影，去無蹤！這是個祕密組織，就連河對面的『灰狼幫』也拿他們沒辦法呢！」

貝拉聽到「哈狗幫」這名字覺得很有趣。「『哈狗幫』一定都是哈巴狗吧，哈哈。」想到這裡，貝拉笑了起來，他決定去北山找到「哈狗幫」，找他們幫忙！紅鼻子男孩決定要和貝拉一起去北山找尋，於是他們就出發了。這一天天黑的時候他們到達了北山的山腰，他們遠遠的看到山的峭壁上有一個洞穴，洞穴上面掛著一面旗幟，旗幟上面畫著一根骨頭，紅鼻子男孩說：「應該就是這裡了！」

於是，紅鼻子男孩和貝拉爬上懸崖，走進了洞穴。在洞穴口他們碰到了一隻守門的土狗，貝拉和紅鼻子男孩說明瞭他們前來的因由，土狗於是帶著他們走進了洞穴。在洞穴裡，有一大群各色各樣的狗狗，他們看到有人來了，一個個都很警惕。這時一隻金毛犬從洞穴裡面的房間走了出來，貝拉一看高興的叫了起來：「哈莫！怎麼會是你啊！」

哈莫看到貝拉也很高興，他熱情的拍了拍貝拉的肩膀說：「我自從離開了獵人傑克以後，起先成為了一條流浪狗。但我發現到，我的世界實際上卻變得更大了，於是我和其他的狗朋友，開始用我們自己的能力去幫助身邊需要幫助的人。也因為這樣，一些流浪狗紛紛來投靠我，最後我們組成了一個『哈狗幫』，這樣狗多力量大，大家一起來做好事！」

貝拉聽到這裡也為哈莫高興，他挺佩服哈莫的，也為自己有這樣一個朋友而高興。接著，貝拉告訴了哈莫自己此次前來的目的。哈莫聽說後，非常氣憤，他同意貝拉的觀點：絕不能向「灰狼幫」妥協，而且，一定要想個好辦法救出莫樂多！

但是，怎麼救呢？這時紅鼻子男孩一拍腦袋說道：「有了！」於是大家一起商量出了這樣一個計策。

第二天，從「哈狗幫」的洞穴走出了一群「狼」。是真的狼嗎？至少是看上去很像狼的傢伙。他們總共六隻，大大小小，下了山。他們跨過北山下的河流，朝後山走去，走著走著，來到一個山谷。這個山谷有一片樹林，傳說中的「灰狼幫」就在這個樹林安營紮寨。經過上回的坦克大戰，灰狼幫損失嚴重，頭目大灰狼湯姆被活捉，其餘的狼也都普遍受傷，「灰狼幫」大傷元氣，意志也很消沉，真是「群狼無首」，一個個都垂頭喪氣。這時，他們看到前方來了一群不認識的「狼」，總共六隻，他們都很奇怪。大家氣勢洶洶的圍了上來，其中一隻瘸腿狼厲聲問道：「你們是誰啊？怎麼到我們這個地盤來啦？你們難道不知道這是『灰狼幫』的地盤嗎？」

對面一隻領頭的狼恭敬的微笑答道：「哈，哥們，我是灰狼湯姆的遠房表哥，請叫他出來，我們來敘敘舊，我可是專程來拜訪他的！」

那隻狼一聽，皺起眉頭，問道：「湯姆還有遠方表哥，我怎麼從來沒有聽說過啊？」

「表哥」說：「這該死的湯姆也不向大家介紹我們！請問，湯姆呢？」

那隻狼好沒氣的說：「我們頭兒被小鎮上的人給俘擄啦，你是白來一趟了！」

「表哥」故作吃驚的說：「這樣啊，真沒想到！」然後他裝模作樣氣憤的說：「那我要去告訴表舅媽，叫她來救出表哥！」

那隻狼一聽到這句話，於是就有點相信了，他說：「你是說黑臉婆婆吧，她也在這裡呢。她活捉了小鎮上的一個傢伙，要交換湯姆呢！現在婆婆出去了，看樣子過會兒就會回來了，到時候我們也要行動了！」

對面的灰狼聽了就說：「哦，這樣啊，那我等一下表舅媽，你帶我去看看那個人質吧！」

於是，那隻狼就帶著六隻遠道而來的狼來到了狼窩，在狼窩裡他們看到了被繩子綁起來關在籠子裡的莫樂多。莫樂多好像睡著了，這個傢伙居然置身狼窩還睡得著，而且還「呼呼」的打著呼嚕。那隻狼於是就對身邊的狼說：「哈，這個傢伙，我真恨不得一口吃了他！這樣吧，我們不用你陪啦，我們在這裡等一會兒婆婆。」

於是，那隻帶路的瘸腿狼就出去了。等他一走，六隻狼立馬圍攏起來，開始商議對策。其中那隻「大狼」說：「這樣，我們得在婆婆沒來之前救出莫樂多，否則等婆婆回來了認出我們是假的，我們就沒命了！」

很快的，他們七手八腳打開了籠子，解開了綁著莫樂多的繩子。莫樂多一下子醒了過來，看到一隻狼正在解自己的繩子，嚇了一大跳。那隻狼對著他做了個「安靜」的手勢。莫樂多仔細一看，覺得眼前的狼有點眼熟，於是也就很配合的安靜下來，他知道這是有人來救他了。這時，後面一隻「狼」從包裡拿出了一件狼皮，讓莫樂多穿上。莫樂多邊穿邊說：「你們看我現在成了披著狼皮的人了，哈哈！」

莫樂多剛穿好了狼皮，這時洞穴外傳來了腳步聲，一個沙啞的聲音傳了過來：「我哪有什麼外甥，快進去看看！」

問題嚴重了！看來婆婆知道有人潛伏進來了，怎麼辦？

這時，莫樂多看到角落裡放著一個紅色的大箱子，這分明就是那天魔術表演的道具箱嘛！因此，莫樂多趕緊打開箱子，示意大家躲進去！於是，大家一個一個的立刻往裡躲。不過說來也奇怪，箱子居然能把大家都裝進去呢！莫樂多是最後一個進去的，他蓋上了蓋子。這時婆婆進來了，發現裡面空空蕩蕩，一個人影也沒有，氣得呼呼大叫道：「你們這些草包，就這樣給這些傢伙逃走啦！」

這時，一個聲音可憐兮兮的說：「我估、估計，可、可能還沒有離開這裡，因為、因為我沒看到他們離開洞穴！」

黑臉婆婆一聽這話，目光立即落在了她的道具箱子上。接著，她一步一步向箱子走去，眼看就要打開箱子了。這時，只聽見外面發出了「轟」的爆炸聲，整個洞穴頓時搖晃起來。婆婆於是收回伸出的雙手，迅速跑了出去。原來是紅鼻子男孩和貝拉駕駛著坦克來了，這回炮彈變成了大西瓜和土豆，攻擊力可大大增強了！

「轟！轟！轟！」炮彈不斷的朝洞穴打來，雨點般擊中了狼群，狼群發出「哇哇」的慘叫聲。莫樂多猜出這是坦克的聲音，於是打開箱子和六隻偽裝的「灰狼」們一起衝了出來。六隻偽裝的灰狼也脫下自己的偽裝，原來他們是一群狗偽裝的，其中帶頭的就是金毛犬哈莫！接下來，哈莫和夥伴們立刻勇敢的和狼群展開了激烈的搏鬥。

由於狼群剛剛已經遭遇過坦克的攻擊，而且普遍負傷，所以現在更是被「哈狗幫」打得落花流水啦！黑臉婆婆一看情勢不妙，只好趕緊逃跑。這時，莫樂多很快朝著坦克的地方跑去，爬上坦克鑽了進去，發現坦克裡面是貝拉和紅鼻子男孩，裡面裝滿了「彈藥」：西瓜和土豆。貝拉見到莫樂多高興極了，兩個人緊緊的擁抱在一起。紅鼻子男孩也很高興，他提議大家去追黑臉婆婆，於是坦克向著黑臉婆婆逃走的方向追了過去！

追了一會兒，大家終於看到了黑臉婆婆飛快逃竄的身影。貝拉這時高聲喊道：「快，我們快給炮管裝滿土豆！」於是，莫樂多趕緊裝土豆，紅鼻子男孩開始搖起操縱桿瞄準，貝拉按了一下發射按鈕。「嗖！」「嗖！」「嗖！」無數的土豆朝著黑臉婆婆的方向打去，土豆如雨點般的擊中了黑臉婆婆。一下子，黑臉婆婆腦袋上、身體上到處長出了腫包，只見她一下子就變回了原形——一隻黑狼！原來黑臉婆婆是黑狼偽裝的！黑狼一瘸一瘸的朝山後逃去，樣子可滑稽了！另外這一邊，「哈狗幫」也大勝「灰狼幫」，一些灰狼被趕跑了，還有三隻被活捉了。這真是一場漂亮的戰鬥啊！

最後，大家綁縛好被俘擄的灰狼，在坦克「隆隆」的轉動聲響中凱旋而歸！小鎮舉行了更加盛大的慶祝晚會，大家都為從此一舉粉碎「灰狼幫」而高興！小鎮鎮長聯繫了城市裡的動物園，第二天動物園的專車來到小鎮帶走了這次所俘擄的灰狼們，貝拉和莫樂多再一次成為了小鎮的英雄。在這次戰鬥中意外的收穫是紅鼻子男孩學會了駕駛坦克，這樣小鎮才真正有了自己的安全衛士。

慶祝晚會後的第二天天亮後，貝拉和莫樂多準備離開小鎮繼續他們的旅行，他們和大家依依不捨的告別了。在路上，貝拉和莫樂多還有「哈狗幫」幫主哈莫有說有笑。其時，在貝拉和莫樂多的心中，哈莫才是真正的英雄哩！哈莫送他們到小鎮外的馬路上，然後拿出一個口哨交給貝拉，對他們說：「我就送你們到這裡了。這個口哨送給你們，以後如果碰到困難你們就吹起這個，無論在哪裡，我們『哈狗幫』的兄弟們都會趕來全力幫助你們！」

貝拉接過口哨，看了看交給莫樂多。莫樂多看了看，還搖了搖，他們都很喜歡這個禮物。貝拉問哈莫：「你組建了『哈狗幫』以後是不是專門幹行俠仗義的事業啊？」

哈莫嚴肅的點了點頭，說道：「是的，這就是我的事業，我將聯合所有的流浪狗一起做有意義的好事！」

貝拉和莫樂多聽了非常佩服哈莫的抱負。莫樂多舔舔嘴唇，眨了眨大眼睛，支吾的問哈莫：「那我們能不能也加入『哈狗幫』呢？我們也想做有意義的好事！」

貝拉同樣急切的點了點頭，看著哈莫。哈莫「哈哈」大笑了幾聲，爽朗的回答道：「當然行！你們記住：只要你們在做好事，你們就是『哈狗幫』的兄弟，大家只要互相幫助就都是『哈狗幫』的兄弟！」

貝拉和莫樂多聽了非常滿意，他們擁抱了哈莫，決定就此告別，繼續他們的旅行。哈莫則朝著南山走去，並回頭和大家揮手告別，最後消失在路的盡頭……

沙漠綠洲

貝拉和莫樂多這一路走來，旅途中充滿了一次次神奇的遭遇。他們憑藉著一顆善良而勇敢的心，在一路上出手幫助需要幫助的人們，也因此結交了許多同樣真誠善良的朋友。他們一路走來，儘管兩手空空，但心靈卻越發的充盈。一路上他們欣賞過美麗的風景：在傍晚的餘暉下，看到金色的陽光透過樹梢編織出美麗的圖案；清晨時在有霧的河岸聞到露珠在青草間散發的清香。大自然的美景在他們眼前一幕幕展開，盡由他們去擁抱，去欣賞！

每到一個陌生的地方，他們總是懷著好奇的心情去瞭解各處的風土人情，這真是一場成長之旅！

話說這一天，經過長長的漫遊，貝拉和莫樂多來到了一片大沙漠——之前他們從來沒有見過沙漠呢！一望無際的沙漠在他們的腳下一直延伸到天的盡頭，沙子堆積的山丘起起伏伏，蜿蜒而又壯觀！站在沙漠的邊緣，貝拉和莫樂多開始討論起來。貝拉說：「多多，真是神奇，你看，眼前到處是沙子，好像沒有盡頭。」

莫樂多摸了摸鼻子，樂呵呵的說：「是啊，確實不可思議，沙子居然像山一樣，真是不得了。」

在他們眼前，一株仙人掌從沙子裡探出頭，尖尖的刺一根一根，像個刺蝟。莫樂多問貝拉：「拉拉，我們下一步做什麼呢？要不要一直走下去？不知道我們能不能一直穿越過這片沙的海洋，而沙漠的盡頭又會是什麼呢？」

貝拉眨了眨大眼睛，抬頭看了看炙熱的太陽，天上沒有一片雲彩。貝拉說：「我們得找個人來問問，走進這個沙的海洋，如果沒有盡頭，我們可是會被太陽曬死的！」

莫樂多點了點頭，表示贊同。恰好，在他們身後走來一隻駱駝，駱駝身上繫著一對駝鈴，每走一步就發出「叮叮咚咚」的碰撞聲。駱駝悠閒的走著，全然沒有注意眼前的貝拉和莫樂多。貝拉於是走過去，站在駱駝的前面，友好的向駱駝打起招呼：「您好，請問這位先生，您這是要去哪裡啊？」駱駝睜開眯著的眼睛，瞪了貝拉和莫樂多一眼，慢悠悠的回答道：「哦，你好，我要去往沙漠中的一片綠洲安葉城，你們要去哪裡啊？」

貝拉友好的回答道：「哦，原來這一大片沙子叫做沙漠啊。我叫貝拉，他是我的好朋友莫樂多，我們一路在旅行，也在考慮是否要穿越這片沙漠，因為我們想看一看沙漠的盡頭到底是什麼！」

駱駝聽了於是友好的做起自我介紹：「哦，我叫安提，生活在安葉城。前段時間我腳扭了，於是到夏爾鎮看醫生，現在我腳好了，就自己一個人回去。我們本來有個駝隊，我有好些好夥伴呢！」

莫樂多來到安提跟前，也友好的和安提打招呼，並且問：「請問我們能不能和你一起結伴旅行呢？因為我們對於你所說的沙漠實在沒什麼經驗！」

安提說：「那很好啊！其實你們要穿越這片沙漠就需要先到安葉城落腳，然後再走上兩天才能穿越過去，到達蒙斯。蒙斯是一個國家的名字，那裡可有趣啦！」

貝拉和莫樂多非常高興安提能答應他們一起結伴旅行。於是他們三個傢伙就出發了，沙漠上留下了他們深深淺淺的腳印。

就這樣，他們邊走邊聊，從安提的口裡他們得知原來安提屬於一個沙漠駝隊，專門為安葉城馱糧食物資。前段時間安提因為走路時扭了腳，於是被送到沙漠外的小鎮上去治療。安葉城是沙漠中間的綠洲，裡面生活著很多居民，他們需要駱駝為他們從外面馱來生活物資。同時安葉城也是旅經沙漠時的一個中轉站，所有要穿越沙漠的人都要在安葉城落腳休息、補充糧食後再走，所以安葉城在歷史上又叫「沙漠之家」。

一路上，三個人邊走邊聊，安提也從他們的口中得知了貝拉和莫樂多旅途中充滿傳奇的冒險故事，不由得佩服起他們來。他們在有說有笑的交談中，漸漸的變成了好朋友！

三個人聊著聊著，天不知不覺的就慢慢黑了下來，沙漠裡起了大風。風捲起沙子轉著圈朝他們捲來，搞得貝拉和莫樂多狼狽不堪。安提於是對他們說：「快，你們到我身邊來，躲到我的肚子這裡，我來保護你們。」貝拉和莫樂多於是躲在安提的肚子旁邊，兩個人抱在一起，閉上眼睛。

過了一會兒風停了，天上一輪明月撥開彩雲，銀色的月光照亮了整個沙漠，起起伏伏的沙丘像大海裡瞬間凝結的波浪，在銀色的月光下，無限美麗！

貝拉和莫樂多站起來，在沙子上打起滾來，他們滾下高高的沙丘，再爬上來又滾下去，玩得開心極了。安提這時大叫他們，對他們說他的背上有個行囊，裡面有水和乾糧。於是，貝拉和莫樂多拿出糧食和水大口大口的吃了起來。這時，貝拉說：「哦，真對不起，我們光顧著自己吃喝了，來，你也吃一點！」

安提卻慢悠悠的搖了搖頭，說：「我不吃，我不餓！」

莫樂多說：「走了一天的路，你怎麼會不餓呢？」

駱駝安提說：「我有兩個胃，我可以把吃的東西儲存在其中的一個胃裡，這樣在餓的時候自然可以將儲存的食物拿來消化，所以我不容易餓。這些糧食是上次我和駝隊運送糧食時留下的，足夠你們到達安葉城！」

貝拉和莫樂多覺得安提非常神奇，他們第一次聽說駱駝有兩個胃，他們睜著大大的眼睛，撲閃撲閃的，覺得不可思議！

貝拉和莫樂多走了一天的路，他們分別打起哈欠來，駱駝安提就說：「你們睏了吧？來，到我的身邊來，用我的駝毛取暖，晚上沙漠會很冷的。」

莫樂多覺得晚上確實比白天冷好多，就問安提：「是啊，親愛的安提，白天我覺得沙漠熱得不得了，可是到了晚上，怎麼就這麼冷呢？」說著，莫樂多還打了個哆嗦。

安提溫和的笑了笑，說：「哈，因為沙子被太陽一曬，熱得快啊。晚上，沙子散了熱，當然冷冰冰的啦！」

貝拉和莫樂多挨著安提毛茸茸、溫暖的大肚子，感覺到安提溫暖的體溫，兩個人慢慢的閉上了雙眼，「呼呼」睡著了。

到了半夜，貝拉被一陣急促的腳步和火紅的光焰吵醒了，他睜開惺忪的睡眼，揉了揉，定睛一看，發現前方依稀有一隊人馬在匆匆的藉著夜色趕路。

貝拉剛想叫出聲來，卻被安提制止，原來安提也發現了。莫樂多還在張著大嘴巴「呼呼」的睡覺，一滴口水從嘴巴裡流出來。

安提輕輕的對貝拉說：「這群夜行的人是傳說中的沙漠幽靈空汀族

人，他們都穿著黑色的衣服，蒙著臉，成群結隊的在沙漠裡穿梭。他們居無定所，行蹤飄忽不定，沙漠裡的行人都怕他們。」

貝拉好奇的問：「那他們這是要去哪裡呢？」

安提一字一頓的說：「看樣子，他們是往安葉城去的，難道安葉城有麻煩了？」

貝拉於是對安提說：「那，我們跟上他們，看看他們到底去哪裡！」安提贊同的點了點頭。這時莫樂多翻了個身，把頭埋在沙子裡，貝拉於是叫醒了莫樂多。莫樂多睡眼惺忪的問貝拉：「拉拉，怎麼啦？」

貝拉於是告訴莫樂多眼前發生的事情，於是他們三個就遠遠的跟著黑衣人的隊伍，一路前行了。

走了很久，天慢慢的泛起了魚肚白，前方逐漸出現了一片綠洲，一個城邦出現了！這是一個用黃土壘砌的高高的城牆，黑衣人隊伍在城樓底下聚集，又散開。等到天亮時，城門打開了，這時黑衣人好像發起進攻，迅速的衝進了城邦，原來他們要侵佔這座綠洲裡的城邦！

貝拉、莫樂多還有安提躲在沙丘後面，看著遠處發生的一切。安提自言自語的說：「奇怪，看樣子安葉城好像受到侵略了，難道他們來是要入侵我們的城市！」

貝拉和莫樂多也很疑惑，貝拉說：「我們去打探一下，看看到底發生了什麼事情！」這時，城樓上一個黑衣人升起了一面黑色旗幟，旗幟上有個蒙面人的圖像。貝拉看到一個黑衣人在城牆外面貼告示，於是就一個人走了過去。他走近城牆，看到告示上寫著：「在很久很久以前，空汀人居住在這裡，是這裡的主人。後來我們遷徙到別處，安葉城成了別人的家鄉。今天我們要回自己曾經的家鄉，我們才是這裡真正的主人！」

貝拉看到這裡，發現從城門裡走出許多的居民，他們哭哭啼啼的成群結隊，拎著大包小包，好像要離開這裡。貝拉於是趕快走上前去，問其中的一個老人怎麼回事。老人傷心的說：「空汀人霸佔了我們的家園，他們要我們離開這裡，我們從此無家可歸了！」

貝拉聽了非常氣憤，他覺得空汀人好霸道，當年想走就走，如今回來了卻要趕走人家！於是他跑過去把瞭解到的情況對莫樂多和安提說了，大家都很氣憤。眼看著城門裡陸陸續續走出的居民，想到他們從此要背井離鄉，失去家園，大家都很著急。

三個人經過商量，決定如此這般。

貝拉和莫樂多還有安提一行朝著城門走去，他們進了城，看到成群的空汀人走來走去，他們手裡可是拿著明晃晃的武器——刀！

這時，貝拉和莫樂多忽然吵起架來，貝拉大聲的罵莫樂多：「你這個壞傢伙，這駱駝明明是我的！」沒想到莫樂多也不示弱，還擊道：「你才是最最不講道理的壞傢伙，這駱駝明明是我的，你這樣做和強盜有什麼區別？」

「你是強盜！」

「你才是強盜！」

「你是壞蛋！」

「那你才是壞蛋中的超級無敵大壞蛋！」

兩個人居然吵得不可開交——他們是怎麼啦？安提卻一副滿不在乎的樣子走在兩個人的中間。這時一隊空汀人士兵走過來，想制止他們吵架，結果他們卻吵得更兇了，於是他們被帶到一個城堡裡面。原來，他們要見空汀人的頭領了！

只見空汀人的頭領是個黑黑的大鬍子，眉毛粗粗的，一看就知道是個壞脾氣的傢伙。這個傢伙坐在城堡的大廳裡，看到士兵架著他們吵吵鬧鬧的走進來，頭領的眉毛就擰到一起了。他不耐煩的問道：「怎、怎麼啦？吵、吵什麼吵！」

原來，這個頭領是個結巴。士兵報告道：「報告頭領，這兩個傢伙一直在吵架，嚴重擾亂城裡的秩序，我把他們帶到這裡，請您發落。」

結巴的頭領眉毛揚了揚，又扭在一起，粗聲問道：「喂，我、我說你們兩個臭、臭、臭傢伙，你們吵什麼吵，難、難、難道你們不知道這裡現在被、被管制了，這樣大吵大鬧是、是、是違法的、的、的嗎？」

貝拉和莫樂多聽到這個結巴頭領這麼說，於是停下吵架。貝拉說：「您看樣子是個管事的吧？那好，你給評評理，這明明是我的駱駝，現在這個傢伙卻偏偏說是他的。」

莫樂多漲紅了臉，一臉的委屈，他也說道：「這明明是我的駱駝。」

結巴頭領說：「好、好、好了，別吵啦，一個一個說。」

於是，貝拉說：「我先說。這是我以前養的駱駝，從他一出生我就養了他，他也為我幹了不少活。」

結巴頭領一聽說道：「哦，那、那你、的的駱駝不錯嘛！」頭領頓了頓，接著又粗聲的說：「說、說重點！」

貝拉接著說：「後來，這個傢伙有一次幹活的時候打破了我的一個罐子。這個罐子可名貴啦，是我爺爺的爺爺傳下來的，好值錢啊！後來我一生氣，我就狠狠的揍了我的駱駝。但我還是不解氣，於是我就把我的駱駝給趕出去了，我決定不再要他，要從此和他一刀兩斷。我覺得做這樣一隻駱駝的主人可是一件倒楣的事情。」

貝拉說得氣鼓鼓的，卻把這個粗眉毛的結巴頭領給聽糊塗了，他結巴著問貝拉：「既、既然你自己不要了，現在怎麼又要搶回來呢？」

這時莫樂多插話了，他說：「哼，這就是他沒有道理的地方。那隻駱駝自從被他趕出去以後就非常孤獨，整天飄來蕩去的，無家可歸。我看到了，也很同情這頭駱駝，於是就收養他。結果發現這是一頭非常能幹的駱駝，他吃得不多，幹得可不少呢！」莫樂多說著還高興地摸了摸安提的脖子，安提也溫順的點了點頭，表示贊同！

莫樂多接著說：「我對安提可好了，給他吃最好的草料，還經常梳理他的毛，他也用辛勤的勞動來回報我。沒想到他原來的主人看到了，就眼紅，現在硬要拉回去。這樣，我就要和我的安提分開了！」

這個結巴粗眉毛的頭領總算聽明白了事情原委，就呵斥貝拉道：「我、我看，還是你比較沒有道理。這隻駱駝以前是你的，沒有錯，但就因為人家的一點點過失，就狠心的拋棄人家，這難道不是很無情、很自私的做法嗎？現在又因為人家變得能幹了，強行要回去，其實你還要感激人家收養了駱駝呢。這真是很沒有道理、很霸道的做法！」

貝拉挨了頭領的罵，於是笑起來，對頭領說：「說起不講道理、霸道的做法，我覺得有人比我更過分！」

頭領於是厲聲問：「說，還有誰比你的做法更過分，我一定要好好懲罰他！」

貝拉給莫樂多使了個眼神，嘴角微笑起來，說道：「我聽說有一群人，因為要遷徙到遠方，就放棄了自己的家園。後來人們來這裡定居，把這個家園建設得更加美好，才使得曾經的家園沒有荒蕪下去，而是變成了沙漠裡美好的綠洲，給過往的行人提供了許多的方便。後來，這群傢伙忽然殺了回來，他們全然不顧這裡後來的歷史，只是霸道的說我們曾經在這裡住過，就把所有的居民都趕走了。你說這樣的人是不是更不講道理、更霸道呢？」

貝拉這麼一說，莫樂多還有安提的眼睛齊刷刷的看著這個粗眉毛的頭領。繞了半天，這個頭領才明白原來這是在說他們呢！

頭領的臉是紅了白、白了又紅，他沉思了良久，哈哈大笑起來，他結巴的說道：「哈哈，原，原來你們這是在說我呀！哈哈，我算是服了你們了。我這樣一想，覺得我們這樣做確實也很沒道理，而且很霸道。不過，要不是剛才通過你們吵架的事情啓發了我，我還意識不到我的做法是多麼的不講道理呢！我算是服啦！哈！」

於是，頭領和他的族人商量，決定將原來的居民重新召回來，他們決定要和居民們共同建設這個美麗的綠洲城市。他們決定以後只要是願意在這裡生活的就是這裡的主人，沒有先來、後到的區別。這樣一來，大家都非常高興，綠洲裡要舉行歡快的慶祝，大家都要感謝聰明的貝拉和莫樂多。可是就在慶典開始的時候，人們卻發現貝拉和莫樂多已經走了，他們要走出這片沙漠，他們決定要去看一看沙漠的盡頭到底是一個什麼樣的國度！

那麼，駱駝安提呢？這回安提沒有和他們同行，他現在已經歸隊了。以後如果你在沙漠裡旅行，看到一群馱著東西的駱駝，別忘了打聽一下安提的消息。也許，其中一隻就是他呢！

誤闖童真城

經過漫長的跋涉，貝拉和莫樂多終於走出沙漠，前方一個城市慢慢出現在他們的眼前。兩個小傢伙經過漫漫跋涉雖然已經累得筋疲力盡，但還是說笑著，討論一路發生的有趣故事。這時，路邊一個老人吸引了貝拉和莫樂多的注意力。這個老人樣子很怪，呆呆的坐在馬路的一邊，幽幽的閉著雙眼，臉上布滿了皺紋，加上黝黑的膚色，看起來就像一個乾癟、縮水的仙人球。風捲起了陣陣沙土，颳到老人的臉上，灌進老人的耳朵裡，老人也無動於衷。這個樣子著實讓人覺得不舒服。莫樂多先看到這個老人，他停住腳步，睜著一雙大大的眼睛，注視起這個老人。然後，貝拉也發現了，他也停下腳步，向老人看去。兩個人都覺得很奇怪，他們走了兩天兩

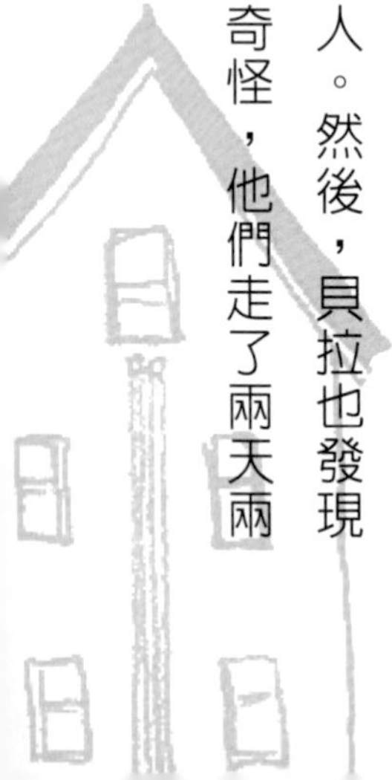

夜，正想找個人問問前方是哪裡呢！

可老人就老是閉著眼睛，要不是偶爾挪挪身子，真會被人當做死人來對待哩！

莫樂多對貝拉說：「拉拉，你看到這個老人了嗎？你看他一臉的皺紋，樣子真難看。」

貝拉「噓」了一下，對莫樂多說：「多多，不可以這樣說別人，老人聽到了會生氣的。」

貝拉說：「我們去問問他吧，這可是我們走出沙漠後遇見的第一個人呢！」

莫樂多點了點頭，就朝著老人走去。走到老人跟前，莫樂多湊近了，問道：「老頭，請問往前走是什麼地方？」

可是，老人還是一動不動，風捲起沙子在老人的嘴邊打了幾個轉，又捲走了。

莫樂多接著問了好幾句，老人就是沒有反應，樣子古怪而又好笑。莫樂多悻悻的垂下腦袋。貝拉在一邊對莫樂多說：「我看，這個老人一定有什麼問題。或者人家不願意搭理我們，算了，我們走吧！」

莫樂多有點失望，他們繼續朝前走去，把老人甩在了身後。在路上，莫樂多對貝拉說：「拉拉，你說人年紀大了，是不是就變得又老又醜，難看得要死啊？」

貝拉說：「好像是吧，人老了一定挺難看的！」

莫樂多一聽，不由得憂傷起來，他說：「我可不要老，不要老。如果我老了也變成這樣乾巴巴的，都是皺紋，那可就是世界上最最讓人難過、討厭的事情了！」貝拉也是一籌莫展。於是他們一起討論了人老了以後種種難看的樣子，越討論越沮喪。這也是他們第一次思考到了「老」這個問題。經過討論他們得出的結論就是：衰老是世界上最最可怕的事情！

就這樣，不知不覺的他們來到了一個城門口。抬頭看到城門上寫著

「童真城」三個字，兩個人很納悶，就走了進去。貝拉和莫樂多想：「童真城裡一定都是孩子吧？否則怎麼會叫這個名字呢？」

可是誰知道，走進去後，卻發現這個童真城裡沒有一個孩子，滿街走的都是老人。不過這些老人和剛才見到的老人有點不一樣，這些老人更怪！

原來，這些老人都穿著孩子的衣服，有些還穿著肚兜，有些紮著滑稽的朝天辮。老人們有的手裡拿著棒棒糖，有的臉上還掛著鼻涕，樣子可怪啦。不過他們都嘻嘻哈哈、興高采烈的，真的像一群孩子在盡情的玩耍。這個童真城裡最多的是可以供人們玩耍的玩具道具：比如顏色鮮豔的蹺蹺板，兩個老人正在玩得起勁哩！還有大象鼻子形狀的溜滑梯，一群老人嘻嘻哈哈的搶著從高高的上面滑下來，邊滑還邊大聲的發出「哇！」的嬉鬧聲，好不熱鬧。這個城市更像一個大型的遊樂場，只是遊樂場裡沒有孩子，有的卻是滿臉皺紋的老人！你說怪不怪？

貝拉對莫樂多說：「多多，你不覺得很奇怪嗎？」莫樂多摸摸頭皮，吸吸鼻子，更加疑惑。這時，天慢慢的黑了下來，他們決定找個旅社住一晚。馬路邊上，一家叫「童年時光」的旅社吸引了他們的注意，於是他們就朝著這個旅社走去。進去後，裡面非常黝黑，一個窗口裡傳出一位老人的咳嗽聲：「咳——咳！」

貝拉對窗口裡的老人說：「麻煩請給一個房間，我們要在這裡過一夜！」

老人還是在氣喘吁吁的咳嗽著，聽到說話聲，就停下來，有點詫異的看著貝拉和莫樂多，然後拿出一把鑰匙對他們說：「給，三樓第二個房間。這裡的夜很長，晚上無論你們聽到什麼聲音，千萬不要開門或者東張西望。記住：好奇心是會害死你們的！」

說完後，老人接著咳嗽起來，好像他的工作就是不停的咳嗽。莫樂多和貝拉互相看了看彼此，眨巴眨巴眼睛。莫樂多拿起鑰匙說了聲「謝謝」就上了樓。這是個老房子，房子的樣子也挺古怪的，可能是他們已經身處在一個奇怪的國度吧。自從他們穿過沙漠以後，所看到的一切就都特別不一樣，也許這就是所謂的「異域風情」吧！

踩著「咯吱」「咯吱」作響的地板，他們上了三樓。樓道很黑，他們摸索著找到第二間房間走了進去。奇怪的是，他們一走進房間，房間裡的燈就亮了起來。這個燈是自己亮的！貝拉和莫樂多覺得這裡非常詭異，總有一種神祕的氣氛籠罩著這個小城，但到底是什麼呢？他們又說不出名堂！

天很快就黑了下來。天上繁星點點，月亮像一把剛磨好的鐮刀，明晃晃的掛在天空，躍躍欲試的樣子！

月光照亮了這座沙漠邊緣的城市，勾勒出城市裡奇怪的建築的身影，各種各樣的房子，大大小小擠在一起，好像是一群森林裡的怪獸在開會。

貝拉和莫樂多也走了一天了，他們疲倦的躺在床上，不知不覺也就睡了過去。

夜深了，漆黑的小城忽然亮了起來，遠處傳來了陣陣奇怪的聲音。貝拉被吵醒了，他睜開眼睛，看看天花板，注意聽是什麼聲音。剛要起身去看，忽然他想起旅館老人的勸告：「不要好奇，不要多管閒事！」但誰又能阻擋強烈的好奇呢？貝拉悄悄的起床，走近窗口，這時他看到了一番奇異景象！

這個小城燈火通明，馬路上一群「孩子」正排著隊，目光呆滯的朝前走。他們好像邊走邊口中念念有詞，就是不知道他們到底在咕噥什麼！貝拉想趕緊把莫樂多推醒，卻沒想到莫樂多正睡得像頭小胖豬，張著大嘴巴，口水三寸長。貝拉想：「就讓多多睡一會吧，我獨自去打探一下情況。」然後，貝拉輕聲的下了樓，離開了旅社。他跟隨在「遊行」隊伍的後面，只見這些孩子一個個呆呆的兩隻手舉起往前，口中集體唸叨著：

「我們不乖，我們不乖。」

貝拉聽了，覺得既詭異又好笑，不由得「嘿嘿」笑了起來。遊行隊伍來到一個廣場，在廣場中央有一個平臺，孩子們齊刷刷的停在廣場平臺

HOTEL

前，排好了隊伍。貝拉遠遠的躲在一個雕塑的後面，這個雕塑是一個光著屁股的孩子。

這時，只見平臺上出現一個人，貝拉定睛一看，不由得倒吸一口冷氣——「這不就是路上遇見的那個又怪又醜的老頭嗎？」只見這個老頭開口說話了——「他居然會說話！」

老頭說：「孩子們，你們聽好了，嘲笑別人的人終究會被別人嘲笑，作弄別人的人遲早會被別人作弄。你們今天嘲笑我是個老頭，明天你們自己也將會變成一個真正的老頭，今天的老人是昨天的孩子，嘲笑別人的人將得到懲罰！」

下面的孩子們似乎被催眠了，一個個張著嘴，瞪著眼，沒有表情。老頭接著說：「現在，請跟著我唸——『我是個壞孩子，我嘲笑了老人。所以，我明天早上起來就會變成老人！』」

孩子們一句一句的跟著唸。這一刻，躺在旅館裡的莫樂多在睡夢中也在跟著唸。老人一定是給這個城市施展了魔法。在這個城市裡，只有一個人沒有跟著唸，那就是貝拉。貝拉居然對這個魔法是免疫的！

孩子們唸著唸著，開始發生奇怪的變化：一些孩子的頭髮變白了，臉上開始長出皺紋，有些孩子還長出了老人斑，有些則變得駝背。不消一會兒，剛才的一群孩子，此刻都成了老人。平臺上的老頭看到自己的魔法生效了，露出得意洋洋的表情，哈哈大笑起來。接著老人拿出一個大大的包裹，從裡面拿出許多糖果，一個個的發給「老人」吃。「老人」們吃一顆糖果，就會念念有詞的說一聲：「我們不乖。」

貝拉覺得這個老人一定是個巫師，他想必須馬上採取行動，解除孩子們的咒語，把大家解救出來。於是，他又悄悄的溜回「童年時光」旅館，進了房間，剛想叫醒莫樂多，卻驚奇的發現莫樂多發生了天大的變化——原來，莫樂多也變成了一個老人！老年莫樂多頭髮花白，臉上皺紋橫七豎八。噢，可憐的莫樂多！

貝拉趕緊推醒了莫樂多，莫樂多看到鏡子裡的自己，著實嚇了一大跳！他駝著背，像一個老人一樣吃力的咳嗽著，臉已經被嚇成了青色的！

貝拉看到莫樂多這個樣子，又驚訝又難過。他和莫樂多說了他晚上的見聞，莫樂多咳嗽了五下，說道：「拉拉，你說為什麼我也變成了這個樣子？對了，為什麼你沒有變化呢？」

貝拉前前後後想了想，好像有所發現，幽幽的說道：「多多，你還記得嗎？我們第一次遇見那個老人的時候，你好像叫了一聲『老頭』！」莫樂多仔細回憶了一下，不解的問：「即使叫了，又怎麼樣呢？」貝拉說：「多多，你想這個老人為什麼要懲罰這些孩子？一定是這些孩子激怒了他。孩子們怎麼激怒他的呢？你看，這個老人樣子怪怪的，那麼大家看到他一定笑話他，對老人不尊重，老人一生氣就施展魔法和咒語報復大家啦！」

莫樂多恍然大悟，說道：「哦，對啊，當時你沒有叫他『老頭』，所以他就沒有懲罰你！一定是這樣的。」莫樂多說完，又吃力的咳嗽起來，背駝得更厲害了。他第一次感覺到做一個老人還真不容易，你看，他現在走路都氣喘吁吁，特別的累！

莫樂多在心裡暗暗發誓：「以後碰到老人一定要尊敬他們，在稱呼上要叫他『老人家』或者『爺爺』『奶奶』，而不是『老頭』！」

可是，後悔也晚了呀，莫樂多非常絕望。

貝拉的眼珠子滴溜溜的轉了三圈，他對莫樂多說：「多多，看來解鈴還須繫鈴人，我們得去找到那個老人家，求求他，讓他解除魔法。不過，我們也得吸取教訓哦！」

莫樂多重重的點了點頭，胸口劇烈的起伏著，他發現自己的力氣真不夠用了！

貝拉找了根棍子給莫樂多做拐杖，攙扶著莫樂多慢悠悠的向城門外走去。這時，天慢慢亮了起來，那些被施展了魔法的孩子們都回到了自己的家裡。第二天一定又和昨天一樣，當他們醒來後發現自己又變成了老人！

貝拉和莫樂多來到當初碰到老人的地方，發現老人已經不在這個地方了。他們很失望，風再次捲起沙子，掃得貝拉和莫樂多眼睛生疼。莫樂多一看這情境令人絕望，「哇」的一聲大哭起來。不過，一個老人卻像孩子一樣的哭泣，樣子卻也滿滑稽的！

貝拉在老人坐過的地方仔細打量起來，這時他發現地上有一個奇怪的記號，畫的是一個光著屁股的小孩。貝拉看著這個記號覺得非常好笑，這一定是那個怪老人留下的。忽然，貝拉覺得這個圖形有點眼熟，好像在哪裡看到過，在哪裡呢？他左想右想，沒有線索。這時風吹過來，捲走了莫樂多手上的拐杖，莫樂多吃力的撅起屁股去撿拐杖。就在他這麼一撅的時候，貝拉一下子想起一個東西：廣場上的孩子雕塑，他昨晚就躲在那裡偷看發生的一切。那個雕塑就是這樣光著屁股，神態是那麼無憂無慮的樣子！

於是，他拍拍腦袋，攙扶起莫樂多，向市中心的廣場走去。廣場上空空蕩蕩，沒有一個人，風颳得地面沙沙作響，捲起沙子又落下。貝拉扶著年邁的莫樂多，慢悠悠的來到廣場雕塑前。莫樂多看到這個光著屁股的孩子雕塑，傷感的感慨道：「童年多美好啊！」貝拉一聽這個腔調，覺得莫樂多還真像個年逾古稀的老人了，於是拍拍莫樂多的肩膀，開解道：「老人家，不要難過啦，誰沒有年輕過！哈哈。」莫樂多一聽更加傷感，對貝拉說：「孩子，你可要珍惜這美好的童年時光啊！」

看來莫樂多是真的把自己當老人了，可憐的莫樂多！貝拉仔細端詳起這個光著屁股的雕塑，發現這個雕塑渾身光溜溜的好像沒什麼不一樣的地方——但是，等一下！貝拉發現雕塑的下面是一個石頭做的臺子，臺子下面有一條縫。貝拉敲了敲這個臺子，發現臺子裡發出「鐺鐺」的回聲。貝拉判斷這個臺子裡面一定是空的，於是他扒了扒那條縫，結果發現那條縫鬆動了一下。貝拉將指甲嵌進縫裡，居然拉出了一塊磚頭，一個方方的口子出現了。貝拉側耳仔細聽方口子裡面的聲音，他發現裡面居然發出「嗚嗚」的奏鳴聲。貝拉想這可能是風吹進去的緣故吧！

莫樂多站在旁邊，有點高興又有點悻悻的。「看來人老了，心態也變得消沉了！」貝拉想。貝拉將手伸了進來，在黑洞裡面來回摸索。摸著摸著，忽然，他摸到了一個方方的東西，冰冷冷的，表面好像還有凹凸起伏。是什麼呢？貝拉非常興奮。莫樂多一看貝拉的表情也好奇起來，趕緊說：「什麼東西，拉拉你發現了什麼東西？快拿出來看看！」

貝拉於是將手伸了出來，兩個人一看，哇！原來是一個雕刻著紋飾的盒子，盒子挺漂亮的，看樣子也很古老了！

貝拉和莫樂多迫不及待的打開盒子，發現盒子裡面有一張被摺成心形的紙條。貝拉拆開紙條，只見紙條上方方正正的寫著這樣一句話：「嘲笑人的人，總有一天會被人嘲笑，要想解除魔咒，除非月亮瞬間從天上消失！」

貝拉和莫樂多兩個人你看看我，我看看你，貝拉吐了吐舌頭，莫樂多皺了皺眉，兩個人都覺得非常費解。前面半句話很好理解，但後面半句話是什麼意思呢？

月亮怎麼會一下子從天上消失呢？

貝拉攙扶著莫樂多，沒有目的的在小城裡走著。太陽把兩個人的影子拉得老長。從影子看，他們兩個人就好像一對爺孫，小的扶著老的。

這時城裡的孩子們都醒來了，他們又像第一天看到時一樣，興高采烈的出來玩了。但今天看到的孩子們和昨天還是有點不一樣，他們的背好像更駝了，臉上的皺紋好像更多了。原來，隨著時間的推移，孩子變的老人會越來越老。貝拉和莫樂多一邊走一邊討論，他們都無法解開「月亮瞬間消失在天空」這個謎題。就在他們走著走著時，一聲「咕咚」的聲音，吸引了他們的注意。聲音是從一棟老房子的花園裡傳出來的，老房子的大門緊鎖著。這是一棟古老的房子，房子的屋頂圓圓的，門口用雕花的鐵柵欄圍起來，好像是一棟荒廢很久的房子。鐵柵欄上都生鏽了。綠色的油漆一層層的剝落。

貝拉對莫樂多說：「多多，看得出這是一棟奇怪的老房子，剛才的聲音就是從這裡面發出來的！」莫樂多點了點頭，慢悠悠的往前走。貝拉說：「不行，我們晚上得進去看看，也許會有意想不到的收穫。」莫樂多點了點頭，兩個人一起回到旅社。等天黑了以後，他們就一起出來了，來到老房子前面。貝拉看看周圍沒有人，就一翻身從鐵柵欄裡爬了進去，莫樂多一副老態龍鍾的樣子，只能無奈的坐在馬路上「把風」。

貝拉進去後，打開了老房子的門，讓莫樂多進來。在這個老房子的花園裡，貝拉和莫樂多發現了一個水塘。這時天上的烏雲被風吹散，一輪明月從烏雲的後面探出頭來，水塘裡出現了一個月亮的影子。藉著月光，貝拉看到水池的邊上有一塊牌子，上面寫著「月亮池」。

貝拉一個激靈，大聲說道：「我明白了，紙上說的『月亮瞬間從天上消失』是什麼意思了！」

莫樂多摸摸鼻子，吃力的咳嗽了一陣，說道：「難道你是說月亮的影子投影在水池裡，就好像在天上一樣嗎？」

貝拉興奮的拍了拍莫樂多的肩膀，說道：「沒錯啊！你看，天上的月亮我們是沒有辦法讓它瞬間消失的，但水池裡的月亮可以啊。我們只要把水池填平了，月亮不就沒有了嗎？」

莫樂多也很高興，贊同道：「拉拉，我同意你的想法，一定沒錯。」

貝拉說：「如果僅憑我們兩個人一下子怎麼填得了這個大水池呢？我們要發動這個城裡所有的人一起來做，說不定等我們把水池填平了，魔法咒語也就自動消失。」

於是，貝拉和莫樂多高興的離開花園。外面再次燈火通明，孩子們又變回原形，一個個排著長長的隊伍又向中心廣場去了。貝拉回頭看了看莫樂多，吃驚的發現莫樂多也變了回來。莫樂多看到自己變回老樣子非常高興，他長長的舒了一口氣，感慨道：「啊，我變回來啦，還是做回原來的自己好！」說著，他又若有所思的說：「不過，人總有一天也會變老的，我們以後可要尊敬老人！」

貝拉點點頭，廣場那邊發出了奇怪的咒語聲，貝拉趕緊捂住莫樂多的耳朵，不讓他受到影響。就這樣，他們回到旅館，莫樂多找來布頭把自己的耳朵塞得嚴實。可是到了下半夜，莫樂多還是無法避免的變回了老態龍鍾的老人，好像比昨天更老了！

第二天天亮了，貝拉扶著莫樂多一起走出旅館，他們挨家挨戶的去敲城裡房子的門，他要動員大家一起去填那個月亮池。老人們於是都拿著臉盆、水桶等容器，到城外去裝沙子，隊伍浩浩蕩蕩。裝滿沙子後大家都先回到自己的房子，等晚上月亮升起來。貝拉和莫樂多焦急的等待著，這時孩子們陸陸續續的來了，一個兩個，人越來越多，最後都聚集在水池旁邊。等到遮住月亮的烏雲散去，月亮亮晃晃的掛在天際，孩子們就開始往水池裡倒沙子。倒一個走一個，大家排著隊，手裡端著裝沙子的容器，就這樣，不消一會兒，水池的水隨著沙子的增多，慢慢滿了出來，最後一個水池生生的被大家給填平了！當然水池裡的月亮也就沒有了！大家好像完成了一個偉大的工程般，你看看我，我看看你，很有成就感。這時，一聲清脆的孩子哭聲忽然從老房子裡傳了出來。大家於是走進老房子，看到一個五六歲大的孩子一個人在房子裡哭泣。貝拉走過去，安慰道：「小朋友，你為什麼哭泣？」

小朋友的一個鼻孔裡流著鼻涕。他看到貝拉和他說話，頓了頓，將鼻涕吸進左邊的鼻孔，但又從右邊的鼻孔流了出來，滑稽極了！

孩子說：「你好啊，我是高興得哭了啊。你們還記得你們見到的那個『嘿嘿嘿』的老人嗎？」

貝拉點了點頭。莫樂多說：「我們當然記得，他把我們都變成了和他一樣老的老人！」

小孩抹抹眼淚，說道：「那個老人就是我啦！」

大家一聽，人群發出「哇」的聲音。小孩繼續說道：「一年前，我們這裡來了一位老人，我那時看老人樣子怪怪的，就跟在他後面嘲笑他。結果，這個老人就施了魔法，把我變成了老人。他還教我魔咒，說只要有人嘲笑我，我就可以把那個人也變成老人。我被施了魔咒，所以只能按照他說的去做。」

大家都瞪著大眼睛，所有的人都很吃驚。小孩繼續說：「老人給我們留下了一線希望，那就是填平這個叫做『月亮池』的水塘，沒想到還真被你們猜到了。現在魔咒解除了，你們看，自己是不是變回原來的樣子啦？」

這麼一說眾人才驚醒過來，大家互相打量，果然都變成了原來的樣子，大家都很開心。經過這一次的經歷，大家都意識到做老人真的不容易，大家決定以後要善待每一個老人，不能再嘲笑人了！

莫樂多摸摸自己的頭，又摸摸自己的身體，他也很開心，他哈哈大笑起來，對大家說：「也不錯呢，我們提前體驗了一把做老人的感覺，大家以後可要尊敬老人哦！因為尊敬老人也就是尊敬明天的自己哦！」

大家都哈哈大笑起來。在和小朋友們的聊天中，貝拉和莫樂多知道了原來這個「童真城」的孩子們的父母都忙著去外面營生的人，他們從四面八方把孩子送到這裡，並給這個城市取名「童真城」。孩子們的父母忙完了事情，就會來看望自己的孩子。這真是一個孩子的王國，孩子的世界！

貝拉和莫樂多解開了童真城的老人之謎，通過這個事情他們也得到了很好的教育。於是他們在小城裡玩了幾天，就再次出發了！

騎風旅行記

貝拉和莫樂多告別童真城，一直朝前走去。走啊走著，前方出現了一個月臺，只見月臺上寫著「風之站」三個字。貝拉和莫樂多看到這三個字很不解，於是貝拉對莫樂多說：「多多，你看，『風之站』這三個字是什麼意思啊？」

莫樂多也是一頭的霧水，他同樣也很疑惑。莫樂多說道：「是啊，『風之站』，難道這個地方是大風經過的地方嗎？」

正說著呢，前方出現了一塊大大的提示牌，上面寫滿了文字，比如寫著：「五色風——貝葉城（一天一次）」；「窩窩龍捲風——西北方向（半天一次）」；「黑旋風——圖拉山谷（三天一次）」；「大旋轉颶風

——新聞島（兩天一次）」；「安格拉微風——起源寶島（三天一次）」等等，等等。

這塊奇怪的牌子把貝拉和莫樂多弄得更加疑惑不解了。莫樂多揉揉鼻子、拍拍腦袋，眉毛都打起結來了，他判斷道：「拉拉，你看這個月臺叫做『風之站』，再看看這塊牌子上寫著這些奇怪的風的名字和地名，我猜想難道這是一個風的月臺，哈，真有意思呢！」

貝拉點點頭，重重的吸了吸鼻子，表示認同。最近他鼻子老是癢癢的，有時癢得受不了了就使勁捏一捏鼻子，再用力的咳一下，這樣他就可以發出：「呲——咳咳」的三聲巨響。

貝拉捏了捏鼻子，「呲——」一聲巨響，這回他沒有咳嗽，講道：「嚴重贊同，這一定是——」貝拉話還沒說完，這時後面一群豬跑了過來。豬一共有五隻，大大小小的，都穿著花格子衣服，有兩隻一大一小頭上還戴著蝴蝶結。其中一隻像是家長，留著兩撇小鬍子，跑在最前面，一邊跑還一邊回頭提醒剩下的四隻：「快點快點，耽誤了這一班，可就趕不上了。時間一拖又是三天！你們這些拖拖拉拉的傢伙。」跑在後面的小豬們趕緊加快步伐，五頭豬氣喘吁吁的跑到月臺前站定。

長鬍子的豬數落完後面的四頭豬後，看到瞪著疑惑眼睛的貝拉和莫樂多，於是友好的伸出手自我介紹起來：「你們好，我叫哈里，你們搭的是哪一班風啊？我們是去圖拉山谷，差點趕不上了。要知道，這些傢伙就是這樣，做什麼都慢，我被他們氣死了，可又不得不帶著他們。畢竟一家人出去玩一趟也不容易，我平時也忙，一忙起來就沒日沒夜的，所以我答應他們去圖拉山谷玩幾天。這班風三天來一趟，要是錯過了我們的旅行就泡湯了！特別是朵朵，這個世界上最最慢性子的壞傢伙，老是耽誤我的大事。難道你不知道大家出來玩一次多麼不容易嗎？」

這隻叫哈里的大肥豬就這樣沒完沒了的說了一大通話。貝拉和莫樂多分別和他們握手，聽他們自我介紹。豬媽媽叫澤西，孩子分別是貝貝、歡歡和最小的「慢性子」的朵朵。貝拉吸了吸鼻子，樂呵呵的問道：「我們不知道這個『風之站』是風要來運你們走嗎？真奇怪呢，風也可以像飛機一樣運送豬啊？啊，我是說風也可以運送你們的嗎？」

叫做哈里的豬爸爸聳了聳肩，微笑說道：「是啊，難道不是嗎？一直是這樣的啊，這裡有各種各樣的風，可以送你們去不同的地方。不過，你們可要注意了，有些風你們不能隨便搭，出了事可要了你們的命！生命多可貴啊，旅途有『風』險，乘風要謹慎哦！」

貝拉於是問道：「那什麼風是有危險的呢？它會帶我們去哪裡呢？」

就在這時，前方一陣黑色的雲塊朝這邊滾來，速度很快，剛才還在天邊的樣子，一下子就到了眼前。雲塊停了下來，好像在等待著哈里一家的進入。只見哈里一家人分別從背包裡拿出像潛水眼鏡一樣的東西戴起來，然後一隻隻走進風裡。哈里是最後一個，他對貝拉和莫樂多說：「五色風最漂亮也最危險，原來是觀光路線，因為經常迷航，當局正準備撤銷這航班呢！」說完正要邁步進去，又回頭扔了一個東西給貝拉，並對貝拉說：「這是風呼叫器，你們如果迷路了，可以用這個叫風過來，記住：一天只能用一次！」

貝拉接過這個呼叫器，只見黑色的盒子上有一粒紅色的按鈕，他們還沒來得及說「謝謝」呢，哈里就轉身走了進去。黑色的旋風捲起地面的沙土，似乎要開足馬力出發了，貝拉和莫樂多緊緊的抱住月臺前的柱子，防止自己被風捲走了。旋風一下子就「呼啦」捲走了，消失在天邊。

兩個小傢伙第一次看到風還可以載人旅行，真是大開了眼界！兩個人反正也沒什麼具體的目標，那麼既然這樣，就決定隨便坐上一班風去玩玩。這時，後面來了兩頭毛驢，一隻黑色，一隻灰色，他們來到月臺前，看到貝拉和莫樂多就愉快的聊起來。灰驢介紹自己是毛奇，黑色的是他表哥黑西，他們要去新聞島送一條新聞，並且邀請他們一起去玩。貝拉和莫樂多愉快的接受了他們的邀請。正聊得愉快呢，這時前方出現了一陣大旋轉的颶風，兩隻驢閉著眼睛「咚咚咚」踩著蹄子衝了進去，於是風裡一會兒露出驢的腦袋，一會兒露出驢的蹄子，看來他們也在裡面旋轉了！貝拉和莫樂多手拉著手，閉上眼睛，也衝進了風裡，於是大旋轉颶風就出發。

在風裡旅行可根本沒法聊天。原來在風裡什麼東西都有，有幾塊香蕉皮、一個郵筒，還有半打臭襪子。看來這個風可是一路上都沒閒著，看到什麼捲起什麼。貝拉和莫樂多只要張嘴，嘴巴裡就會不小心塞進襪子或者香蕉皮什麼的。再看看那兩隻驢——他們什麼時候已經戴起了眼鏡和口罩了呢？這兩個傢伙怎麼也不提醒一下，夠嗆啊！

風捲著他們在空中開始了旅行，空中不斷有東西被捲進來。貝拉和莫樂多可是被捲得頭昏腦脹，於是他們索性緊緊抱在一起，像個大皮球。這個大皮球一下子敲打灰驢的腦袋，一下子又撞到黑驢的屁股，就這樣在風裡轉啊轉，直到把灰驢的腦袋撞出了包，把黑驢的屁股彈的紅紅的。風慢慢的慢了下來，大家都從風裡落到了地面，兩隻可憐的驢這才一隻摸摸腦袋，一隻摸摸屁股，一瘸一瘸的來到貝拉和莫樂多前面。灰驢說：「這趟行程可夠嗆，我的腦袋被你們撞出包來啦，你們怎麼樣啊？」

貝拉和莫樂多互相看了看，莫樂多抱歉的說：「我們倒還好吧，就是屁股有點疼！」

黑驢這時走過來，他摸摸自己受傷不淺的屁股說：「我也夠嗆了，我的屁股現在也怪疼的，過會兒可能會放個屁呢！」

話還沒說完，一聲「噗——」的巨響，一個又長又臭的大屁放了出來，大家都陷身在奇臭無比的空氣中。黑驢這回得意啦，他揚揚蹄子，露出大大的牙齒，對他們說：「哈，這回好啦，你們感受到我超級無敵營養屁的厲害了吧！」

灰驢有點生氣了，他回頭狠狠的瞪了黑驢一眼，用鼻子使勁聞聞，更加生氣的責怪道：「你早上是不是偷吃了小麥？」

黑驢臉紅了紅，對灰驢說：「是啊，你怎麼知道的？」

灰驢說：「你的臭屁裡有小麥淡淡的清香，每次只要聞到小麥的清香我就止不住流口水呢！」

黑驢「嘻嘻」笑起來，說：「那你的意思就是喜歡聞我的臭屁囉！」

灰驢一聽，更加生氣了，糾正道：「我不是說喜歡聞你臭屁，你的屁這麼臭，都可以熏死人。只是從你的屁裡面傳出那淡淡的小麥的清香，我就知道你老是愛偷吃！」

貝拉看他們吵得不可開交了，就勸解道：「好啦好啦，不要傷了和氣，你們誰來告訴我這是哪裡啊？」

灰驢聽了就停止了埋怨，對貝拉說：「這裡是新聞島。」

莫樂多也很疑惑，就問道：「新聞島啊，這個名字好怪，什麼新聞島啊？難道這個島裡有新聞發生？」

黑驢搶著回答道：「哈，是這樣的，這個島上的居民最喜歡聽新聞啦，無論發生什麼事情，他們都會當做新聞來消遣的。比如，如果天上下

雨了，你們不要說天上下雨了，這樣就太簡單啦，你們要說成是：『世界上最最最最大的雨下起來啦！這場雨可是百年難得一遇啊，大家快拿出肥皂來洗澡啊！洗澡免費啦！』」

貝拉和莫樂多看著黑驢誇張的表演，都很驚訝。貝拉說：「那這個島上的人可不是熱愛新聞，而是喜歡聽吹牛和不著邊際的話囉！」

兩隻驢想了想覺得也對，灰驢說：「反正這個島就是這樣的，我們是在別的地方過慣了無聊的正常生活來這裡度度假，調節一下的。」

就這樣，一行人一邊說著一邊朝著前方走去。島上生活著不同種類的動物，他們走啊走，就走到了一個大房子前面。灰驢說道：「新聞島的廣播大廳到了，我們要去報新聞啦！」

於是，他們走近了房子的大門。門口站著一個門衛——一隻山豬穿著保安的衣服，站在門口站崗，看到這一行四人走過來就攔住了他們，並且查問：「你們是誰啊？有通行證嗎？」

這時灰驢走上前去，介紹道：「我們是搭乘大旋轉颶風來的，從遙遠的沙漠，我們來這裡是有新聞要播報，麻煩你通報一下，放我們進去。」

山豬一聽有新聞，兩隻眼睛頓時發亮，似乎都要流出口水了。灰驢看到山豬門衛這麼興奮，就湊到他的耳邊嘀咕了一番。只見山豬開心的「哈哈」大笑起來，接著就放他們進去，最後還說了一句：「哈哈，你們進樓後，朝左拐，那裡就是廣播室。哈哈，真有趣！」

莫樂多非常不解，就問灰驢：「你剛才對他們說什麼呀？把山豬逗得這麼開心！」

灰驢得意的揚了揚蹄子，說：「哈哈，這裡的人都喜歡聽新聞，於是就免費送了一個新聞給他。我告訴他在旋轉大颶風裡，你們嘴巴裡塞滿了襪子，哈哈！」

貝拉說：「這也算新聞啊？太誇張了吧！」黑驢說：「這就是這裡的特點啦，這裡的傢伙總是在沒事的時候聽聽新聞，其實他說的新聞就是經過誇張的生活小事啦！」灰驢補充道：「不過也不能撒謊，因為沒有人願意聽完全是撒謊的事情，這聯繫到一個人的品德。」

這句話貝拉和莫樂多倒是非常認同。說著說著，他們就走進了大樓，接著左拐進了演播廳，裡面一隻公雞正愁眉不展的播報新聞：「今天的新聞就是一棵樹開了三朵花……」正說著呢，看見貝拉一行人進來，就很高興的停下來，問他們：「快，你們有什麼新聞要播報嗎？我快頂不住了！」

灰驢說：「交給我們吧，我們帶了滿滿一肚子的新聞，一定讓大家快樂起來！」

播音員公雞高興的說：「太棒了！」於是將自己的播音臺讓了出來，又問灰驢：「這回有帶什麼小禮物給我呀，小乖乖？」

灰驢說：「當然啦，這個可是專門給你準備的。」

說著就湊近了公雞的腦袋，嘀咕了一陣。大公雞開心的「咯咯」大笑起來，他拍了拍灰驢的肚子，說道：「你還是這麼幽默，哈哈，謝謝啦！我也要去聽廣播啦，順便休息一下。」

莫樂多眨巴眨巴眼睛，又問道：「我說這回你說的是哪句啊？」

灰驢「嘿嘿」笑起來，說：「我告訴他我們來的時候還好好的，從風裡下來一個腦袋上長包，一個屁股開了花。哈，還不是因為你們！」

黑驢在旁邊聽了不冷不熱的說：「這個傢伙就是會討人喜歡，我可沒有這個本事，真是油嘴滑舌的傢伙！」

灰驢一聽就有點掛不住了，他說：「油嘴滑舌怎麼啦，大家願意聽，我只是讓大家開心一點，又不是做什麼壞事。不像有些人可是偷吃了小麥結果放了屁被人給發現。哈哈！」

貝拉和莫樂多一看這個架勢覺得兩個傢伙又要吵架了，於是趕緊一個拉一個。貝拉看到桌子上有個閃著各色光芒的機器盒子，就問道：「這個盒子是什麼呀？」

灰驢好像對這裡很熟悉，說：「這是個收聽率盒子。你看，如果聽的人多了，這個盒子的這排紅光會亮。如果收聽的人只是一般多，盒子上這排綠光就亮了。如果實在沒有什麼收聽率，那盒子上唯一的黃光就亮了。剛才你看我們進來時都快要亮黃光了，可憐的牙牙。」原來播音員名字叫「牙牙」。

「好了，我們現在大家輪流開始播報，我們要搶救這個瀕臨倒閉的廣播電臺，我們要讓收聽率衝上雲霄！」

大家說幹就幹，灰驢先來，他清了清嗓子，開始播報：「大家好，我就是想死你們的灰驢毛奇，你們聽到我渾厚有磁性的嗓音是否非常激動呢？我可是帶了許多有趣的新聞來的。天大的新聞，新鮮出爐的新聞哦！」這時眼看就要澈底亮起黃燈的機器開始出現了兩顆綠色的亮燈，毛奇開始接著說道：「你們知道今天最大的新聞是什麼嗎？對，就是我們來啦，我們是世界上最最厲害的『新聞四人組』！我們走到哪裡，新聞就發生在哪裡，你們說哪裡沒有新聞呢？我們一路走來，看到誰的襪子被捲到了天上，誰寄了封信卻永遠寄不到對方手裡，誰扔了香蕉皮卻一下子不見了，為什麼、為什麼、為什麼呀？哈哈，不為什麼啦，因為都被超級無敵大颶風給捲走啦，這就是最大的新聞！」

大家瞪著大眼睛，看著盒子上的燈一盞一盞的亮起來，眼看就要衝到紅燈這一排了。這時黑驢黑西也躍躍欲試，他奪過話筒，情緒很緊張的樣子。他不斷的清嗓子，臉漲得通紅，他說：「大大家好，我我是黑西啦，我也有新聞要和大家分享啦，其實我要說的剛才毛奇都說過啦，毛奇說過了，我再說大家覺得這還是新聞嗎？但確實有很多新聞發生啦，可是毛奇怎麼把我要說的新聞都說出去了呢？我想想啊，想想，大家不要換臺，我想起來就說。」可是殘酷的現實是黑色的，盒子上的燈開始一盞盞的暗了下來，又開始接近黃燈了，黑西急得滿頭大汗。就在這個時候，莫樂多提醒黑西道：「你不是會放屁嗎，快給大家來個響亮的！」

黑西得到提示，還真的撅起屁股「噗——」放了個又長又臭的大屁，整個廣播室裡瀰漫著混濁的臭味，在混濁中一縷小麥的清香開始向四處蕩漾。

黑西得到提示對大家說：「哈，大家好好聽著，剛才我放了個世界上最大最臭的大響屁，這可是全島實況直播，絕對是第一現場哦！還有什麼比這個更新鮮的新聞呢？哈哈，還有我要告訴大家，我今天偷吃了舅媽家的小麥，這個屁裡面可是有小麥的清香哦！」

說來也怪，這個盒子上的提示燈開始一盞盞亮了起來，情況似乎要好轉。

接著就是莫樂多上場啦，他第一次上廣播節目，一開始非常緊張。他對著話筒支支吾吾了半天，總算是從自我介紹開始了：「嗨，大家好，你們在哪裡啊？」

毛奇聽到莫樂多來了這麼一句，趕緊湊過去對莫樂多說：「聽眾們都在收音機那一頭，你一說話大家都聽得到的，不要緊張啦！」

莫樂多聽了，拚命的使勁的點了點頭，接著說：「大家好，我是來自矮人村的小矮人莫樂多啦，我和拉拉一起周遊世界。你知道嗎？我們走了好多地方，遇見非常有趣的事，也交了很多好朋友，對了，你們都在哪裡啊，我怎麼看不到你們啊？」

毛奇一聽莫樂多又犯糊塗了，馬上搶過話筒對莫樂多說：「我們可愛的小朋友小矮人莫樂多走過很多地方，那你覺得最好玩的地方是哪裡呢？」

莫樂多拍拍腦袋，轉了轉大眼睛，仔細想了想，說：「我覺得世界上好玩的地方很多，我們曾去過神祕的紅樹森林，裡面有猜謎語的精靈，也到過空中城堡。你們知道嗎？空中城堡建在雲上，可好玩啦！就是有點危險，還好我們有熱氣球，安全降落啦！」

莫樂多說著說著，話就多起來了，他對著話筒開始滔滔不絕，這時黑色的盒子上綠光也慢慢多了起來。莫樂多接著說：「對了，你們見過臭襪子王國開會嗎？從那個老郵筒進去，裡面居然有一個臭襪子王國，我們去的時候裡面正在開會。但你們知道世界上最臭的襪子是誰的嗎？哈，是我的啦！大家要不要聞一聞啊？」

大家在旁邊聽了連忙制止莫樂多脫鞋子，大家剛領教了黑驢黑西的臭屁，可不想再感受世界上最臭的襪子的威力。莫樂多於是更加得意的說：「我們見過世界上最最奇怪的王國——胖子王國，這裡的國王是全國的胖子經過競選產生的。哈，我們的貝拉可是做過一年胖子國的國王哦！對了，你們知道拉拉為了做胖子國的國王他每天吃什麼嗎？哈，拉拉，你告訴大家吧！」

問題一下子拋給了貝拉，貝拉可沒有思想準備，但他還是馬上回答道：「是香蕉，如果你每天吃八頓香蕉，吃飽睡，睡醒吃，就可以啦！」

於是，貝拉開始發表演講：「大家好，我是貝拉，我和多多是在小矮人村認識的。我是一隻猴子，大家叫我『扁臉猴拉拉』。我們在小矮人村碰到了『強盜三人組』，這三個傢伙差點把拉拉村的小矮人們抓去賣給馬戲團了。不過，大家放心啦，我們後來想出了妙計把那三個壞傢伙抓住交給了警察啦！哈哈！」

貝拉也說得興起，他使勁的吸了吸鼻子，發出：「呲——」的響聲，接著說：「哈，如果要我說，我們一路上遇到的最有趣的人還是二十海盜。咦，也許你們有些人會問我們，不是十八海盜嗎？還有兩個海盜就是我們啦。我們曾經加入海盜團夥，在海上找到許多寶藏呢！後來還有兩個傢伙居然冒充我們到處去村民家騙吃騙喝，被我們發現了，後來他們也變好啦。因為，做好事大家自然就喜歡你啦。你們說是嗎？」

貝拉和莫樂多說起一路上的奇妙經歷真的是沒完沒了，黑色盒子亮起越來越多的燈，連紅燈也亮了起來。大公雞牙牙這時激動的闖了進來，興奮的對大家宣布：「太好啦！我們的收聽率創下歷史紀錄啦，這難道不是我們最最最最大的新聞嗎？」整個演播廳裡頓時響起了歡呼聲，毛奇和黑西揚著蹄子，又蹦又跳，高興得不得了。莫樂多一高興就扭起了屁股，貝拉也高興壞了，大聲叫著：「真好玩！再高點，我們一起創紀錄啊！」

就在這時，黑驢黑西又「噗——」放了個響亮的大屁，大家頓時捂著鼻子，整個演播廳裡亂作一團。

就這樣，早上的節目告一段落，貝拉和莫樂多也氣喘吁吁的，也許是他們太投入了。這時，門口保安山豬急匆匆的闖進來，對大家說：「不好了，門口圍了很多人，他們要見今天節目的嘉賓，粉絲可瘋狂啦！」

貝拉和莫樂多趕緊走到窗口看，他們確實發現門口裡三層、外三層圍了數不清的「粉絲」，各種各樣的動物幾乎都到齊了，他們可是要見他們的偶像呢！

貝拉和莫樂多哪裡見過這個陣勢，都嚇壞了。灰驢毛奇也說：「不行，這些瘋狂的傢伙會把我們給踩扁的。聽說新聞島的粉絲是世界上最瘋狂的，我看我們還是溜吧！」大家都同意這個提議。貝拉想起來時豬爸爸送的風的呼叫器，於是對大家說：「快，大家上屋頂，我可以叫風過來，我們乘風逃走！」

於是，大家拚命逃到大樓的陽臺上，貝拉趕緊按下了呼叫器紅色的按鈕。這時，瘋狂的粉絲已經衝破門口保安的阻攔，跑了進來，紛紛跑上陽臺，他們看到他們的「偶像」在前面站著，都要撲過來。就在這時，忽然起風了，天邊一朵五彩的雲朵向這裡捲來，瞬間就到了眼前。貝拉和莫樂多還有兩隻毛驢說時遲那時快，一個個鑽進了五色的大風中，就在動物們要撲到他們時，他們鑽進風裡，被吹走了。

在五色風裡，貝拉拉著莫樂多的腳，莫樂多拽著灰驢毛奇的尾巴，毛奇咬著黑西的耳朵，就這樣踉踉蹌蹌、搖搖擺擺的向前飛。飛了一會兒風忽然停住了，大家在掉下去之前，毛奇「哎呦」一聲，說了一句：「完啦！這個五色風又出故障啦！」就全部掉了下去。所幸他們這時已經飛出了新聞島。毛奇摔下來，被掛在樹梢上。黑西摔下來，腦袋著地落在了沙坑上。貝拉掉到了一個水坑裡。只有莫樂多最慘，狠狠的摔到樹上的鳥窩裡，結果被大嘴鳥狠狠的啄了五下腦袋。不過大家都只是受了點輕傷。

起來後大家又聚到一起，回憶起這次有趣的新聞島之行，大家都會心的哈哈大笑。毛奇和黑西決定就此別過，他們要回去了，貝拉和莫樂多揮手和他們告別。下一步去哪裡呢？他們還沒想好，但這一路有趣的經歷告訴他們：管他呢，只要勇敢的去冒險，前面總有精彩的故事在等著他們！

《起源寶書》

貝拉和莫樂多騎著風從新聞島離開後，降落在一個不知名的森林裡，他們休息了一下，兩個小傢伙就說說笑笑聊起新聞島的種種有趣的地方，等到他們恢復精力，又決定開始下一站奇妙的旅行了。

這回去哪裡呢？還是沒有具體的方向，但管他呢，只要有路就是他們的方向啦，童年本來不就是一場沒有目的的旅行嗎？

沿著森林裡的小路，兩個人說說笑笑、蹦蹦跳跳一路走來。這個森林裡的樹木都很大，藤蔓沿著大樹的枝幹垂掛下來，偶爾能看到大尾巴的松鼠探出頭來瞪他們一眼，還沒等他們問候呢，就一溜煙的忙自己的事情跑走了。也許是剛下過雨吧，森林裡到處都是坑坑窪窪的小水坑，水坑倒映著藍天白雲，好像是一塊塊的「天空」掉到了地下，是那麼的晶瑩剔透，像巨大的藍寶石鑲嵌在森林的小路上。

貝拉和莫樂多經過整整一天的跋涉，終於走出了森林，一個城鎮出現在他們眼前。在城門外，他們發現一群動物正圍著看什麼東西，大家議論紛紛，好像很熱鬧的樣子。貝拉和莫樂多出於好奇也擠了進去，在長頸鹿和斑馬腿之間，貝拉和莫樂多總算是通過縫隙看到了海報上寫著的字：

徵兵啟示

動物夥伴們，可惡的「灰狼幫」總是成群結隊的來襲擊我們，這些兇惡的壞傢伙好事一件沒做，壞事統統幹絕，是動物界共同的敵人。現在我們「哈狗幫」要帶領大家和他們決戰啦，我們需要勇敢的你們來加入，一起消滅這些可惡的傢伙，捍衛動物世界的和平安寧。快來報名吧！

哈狗幫

看到這張海報，貝拉和莫樂多你看看我，我看看你，兩個人擠擠眼，「嘿嘿」笑了起來。他們退了出來，開始聊起來。貝拉說：「多多，『哈狗幫』不就是哈莫成立的行俠仗義的組織嗎？」

莫樂多也很開心，哈哈笑起來說：「是啊，是啊！我們可是老朋友了！上回在小鎮上一起用廢棄的坦克打過『灰狼幫』，哈，那次戰鬥真痛快啊！哈莫真是好樣的，聯合所有的狗來做好事。有他們在，正義才能得到伸張啊！」

貝拉也使勁的點點頭，贊同道：「是啊，哈莫上次臨走時還送我們一個口哨呢，我都差點忘了！」

莫樂多說：「哈，我倒是沒忘，我們只是還沒到用它的時候呢！對了，拉拉，我們就來用一下如何？」

貝拉說：「現在？那多不好啊，我們又沒有碰上真正的危險，我們不要麻煩人家了，他們現在正在做大事呢！」

莫樂多點了點頭，答應道：「好的，拉拉，聽你的！那你看，『哈狗幫』現在在徵集人來共同對付『灰狼幫』，我們要不要加入他們？」

貝拉說：「好啊！這麼偉大的事怎麼能沒有我們的加入呢！只是我總覺得這樣打來打去，始終解決不了根本的問題。我想，要讓大家都開心的生活，和平才是最重要的！」

莫樂多聽了，若有所思，他說：「也是，只要開打總有死傷，這樣仇恨又增加了，冤冤相報何時了？」

貝拉和莫樂多於是決定去找「哈狗幫」的首領——他們的老朋友哈莫，一起聊一聊，看看能不能有更好的辦法來取代戰爭。

於是，他們對告示邊站崗的黃狗說：「請帶我們去見見你們的首領，我們是老朋友！」

不過，黃狗還以為他們也是應徵者，就很高興的帶他們去找哈莫。

哈莫和戰友們把總部設在小鎮的一個打穀場裡，貝拉他們來時，他正在和戰友們研究地圖，商量著戰術布局。

看到貝拉和莫樂多進來，哈莫高興得不得了。上次小鎮一別，哈莫帶領「哈狗幫」們為動物們做了大量的好事，得到大家的擁護，但也正是上次小鎮一役，讓「哈狗幫」和「灰狼幫」結下了樑子。「灰狼幫」經過休息後更加猖狂了，放出話來要徹底消滅「哈狗幫」，並且到處騷擾動物，以此來挑釁「哈狗幫」，所以才有了哈莫這回的生死一戰的決心。他決定來場漂亮的殲滅戰，把「灰狼幫」徹底消滅，永除後患，還動物界一個安寧。

老友相逢自然非常開心，聽到貝拉和莫樂多在和他告別後經歷的這些好玩的事情，哈莫爽朗的哈哈大笑，他熱情的拿出美味的食物招待他們，並且邀請貝拉和莫樂多加入這次的戰鬥。

貝拉看哈莫話說到這個份上了，就切入正題，他說：「哈莫大哥，我的好兄弟，我們覺得戰爭不是徹底解決問題的辦法。我們不可能把世界上所有的狼都消滅乾淨了，只要還有狼存在，就會延續仇恨。」

莫樂多點了點頭，也對哈莫說：「再說，這次的決戰，不管誰輸誰贏，最後的結果就是兩敗俱傷，戰爭多麼殘酷啊！」

哈莫眨巴眨巴著大眼睛，明白了這兩個好朋友來這裡不是來參軍的，而是來當「說客」的。一向爽朗的哈莫這回卻有點生氣的樣子，對他們說：「你們是來勸我放棄戰鬥的啊，這個可是沒法商量的。你們知道嗎？自從我們上次一別，我已經有六個兄弟被『灰狼幫』暗算了，那些可是我並肩戰鬥、肝膽相照的好戰友。這個仇你們說我能不報嗎？」

貝拉接過哈莫的話說：「這難道不就是仇恨在延續嗎？為了報這個仇，你們就召集更多的人來加入這場戰鬥，這只會讓更多的動物捲入到這場仇恨的廝殺中，也會有更多無謂的犧牲！」

哈莫聽到這裡，用手一擺，生氣的說：「如果今天你們是來勸我放棄戰鬥的話，那你們就算白來了。我們『哈狗幫』和『灰狼幫』的仇是消除不了的，你們走吧。」

貝拉聽到這話也很失望，他罵道：「哈莫，你這個自私的傢伙，你為了自己族群的仇恨，讓大家做炮灰，你和狼又有什麼區別？」

這句話可是澈底激怒了哈莫，只見他大喊一聲：「來人，把這兩個傢伙給我關起來，戰鬥沒有結束前不准放他們出來！」

就這樣，貝拉和莫樂多被幾隻慓悍的大狗給綁起來送到了「監獄」——一個密不透風、黑乎乎的房子裡，門口守著兩隻大土狗。

哈莫氣鼓鼓的，胸口劇烈起伏著。讓他不能接受的是，他自己認為代表正義的戰爭，本質上竟然是一場狹隘的族群私仇。這從根本上挑戰了他認為崇高的信念，所以他被激怒了。

貝拉和莫樂多被關進了小黑屋子，兩個人被五花大綁，動彈不得。這時，他們聽到黑屋子裡除了他們好像還有什麼聲音，兩個人側耳一聽，好像是一隻狼在低聲的說話：「喂，我說，你們兩個傢伙怎麼也進來了？」

過了一會兒，他們有一點適應了黑暗，藉著門縫裡射進的微弱光芒，他們看到一匹遍體鱗傷的灰狼被五花大綁的捆在屋子裡的一根柱子上。貝拉壯著膽子問道：「你、你好，你怎麼在這裡？」

灰狼自我介紹起來：「你好，我是灰狼亞當，在一次和『哈狗幫』的戰鬥中我的腿受了傷，被俘擄了。我聽說『哈狗幫』要拿我做誘餌來誘使灰狼們來決戰，你看我都成了狼族的罪人了！」

莫樂多一聽，有點同情起亞當，對亞當說：「這場戰鬥難道已經無可避免了嗎？」

亞當也重重的歎了一口氣，搖了搖頭，說：「世界上的仇恨是很難消除的，舊的仇恨又會滋生出新的仇恨，這真是令人無奈的循環啊！」說到這裡，亞當的眼睛忽然在黑暗中亮了一下，他興奮的說道：「除非——」

貝拉和莫樂多連忙齊聲問：「除非什麼？」

亞當說：「我小時候聽外婆說過，在遙遠的地方有一個起源島，這個起源島上有一本《起源寶書》。據外婆說，狼和狗最早的時候是一個祖先，也就是說狼和狗其實是親兄弟。這一切據說都被記載在《起源寶書》上，如果能找到這本寶書，也許就能讓狼族和狗族消除仇恨，避免這場戰爭。」

「《起源寶書》？」貝拉和莫樂多齊聲問道。貝拉又問：「那起源島怎麼走呢？」這個問題讓亞當眼睛裡燃起的光芒復又黯淡了下來。

這時，莫樂多拍拍腦袋，問貝拉：「拉拉，你還記得嗎，我們在去新聞島前，在『風之站』看到一塊大牌子，上面寫著有一種安哥拉微風好像是到達一個叫『起源寶島』的地方！」

貝拉仔細回憶了一下，興奮的說：「好像是，也許這個『起源寶島』就是亞當說的那個島呢！」

亞當也很高興，他們準備逃出去。貝拉從口袋裡拿出了豬爸爸送的紅色按鈕遙控器，在他們眼前晃了晃，得意的說：「下一步我們就靠它啦！」

莫樂多也神祕的笑了笑，只有亞當一臉的不解！

於是，亞當用牙齒咬斷了莫樂多的繩子，莫樂多又解開了他們的繩子，他們趁著門口守衛的黃狗不注意的時候，揭開窗戶上的木條，悄悄的逃了出去。

可是，就在他們成功出逃時，卻被一條花斑狗發現了。花斑狗大聲的叫了起來，一下子幾百條各個品種的狗朝著他們狂奔而來，貝拉他們拚命朝著通向山上的一條路逃去。可是，亞當畢竟腳傷未癒，貝拉和莫樂朵拉著亞當一瘸一瘸的往山上逃，卻怎麼會是幾百隻強壯的狗的對手呢？眼看著就要被抓住了，這時前面出現了一個懸崖，貝拉連忙從口袋裡掏出「風呼叫器」，重重的按下了呼叫的紅色按鈕。眼看一群狗就要撲到亞當的身上時，天邊一片黑色的烏雲旋轉著朝他們飛來，貝拉和莫樂多說時遲那時快，緊緊拽著亞當，一起從懸崖的邊緣跳了出去。眼看他們就要掉進萬丈深淵時，旋轉的旋風卻捲走了他們，一瞬間朝著天邊飛去，把幾百隻狗甩在了他們的身後。

在旋轉的旋風裡，他們碰到了在「風之站」認識的好心的豬爸爸和他的家人，他們戴著潛水眼鏡，在風裡緊緊抱成一團。豬爸爸看到他們到來非常高興。貝拉和莫樂多還有灰狼亞當也抱成一團。沒有一會兒，他們就到達了當初的「風之站」。從風裡下來後，貝拉和莫樂多告訴了他們正在發生的事情。豬爸爸為他們熱愛和平、制止戰爭的決定而感動，他告訴他們那個風呼叫器如果連按三下，就可以叫來一班「自由風」，可以帶他們去想去的任何地方，這個他上次忘了告訴他們了。

豬爸爸又告訴他們，兩個小時後，這裡會有一班安哥拉微風，去的地方就是起源島！

就這樣，貝拉和小豬一家告別後，過了半個小時，月臺上果然來了一陣溫柔的微風。貝拉和莫樂多還有亞當就這樣乘著這陣安哥拉微風啓程去起源島了。

在天上，他們看到巨大森林就像一個插滿了蠟燭的奶油蛋糕，而河流在夕陽的照射下真的像一條閃著金光的紐帶，在紐帶的盡頭好像還釘著一顆美麗的大寶石——金色的太陽，好美啊！大自然的一切真的就是世界上最最美麗的圖畫。微風把他們送到了一片蔚藍色的大海上，一個珍珠一樣的島嶼慢慢的接近、變大，直到他們慢慢的在一片海灘上降落了！

貝拉和莫樂多還有亞當聚齊後，準備去尋找《起源寶書》，他們走進了島上的森林裡。這個島上的森林樹木都很挺拔，每棵樹上都長著不一樣的果實，這可樂壞了三個傢伙！他們不管三七二十一先嘗嘗這些漂亮的水果再說吧！

這些水果的味道果然非常鮮美，每棵樹上的果實味道都不一樣。其中還有一棵樹上居然長出了麵包一樣的果實，大家好奇的嘗了一嘗，味道也出奇的像麵包。不，應該說味道比城市裡的麵包還要好吃！於是，三個傢伙吃得肚子圓咕隆咚的，大家躺在樹上先休息一下。不知不覺三個傢伙就都睡了過去，一輪明月從海裡「撲騰」升了起來，掛在天空，灑下美麗的銀色光芒。

莫樂多躺在樹上，睡著了還打著呼嚕，就在這時他轉了一個身，卻一下子撲了個空，從樹枝上不小心掉了下來，重重的摔在了地上。疼痛讓他醒了過來，他睜開眼睛看了看周圍，這時他發現他們躺的這顆大麵包樹下面居然有一個小洞。白天他們光顧著吃美食了，沒有發現。於是莫樂多趕緊叫醒貝拉和亞當，他們商量著要到小洞裡一探究竟，也許能發現什麼和《起源寶書》有關的線索。

於是，貝拉打頭陣，後面是亞當和莫樂多，他們鑽進了小洞裡。在小洞裡當然是一片漆黑，但好像有一條往下的通道，於是他們摸著黑往下走，真是伸手不見五指！可是，過了一會兒，通道好像開始平起來，並且有了一點微弱的光芒，是從前面照過來的。莫樂多摸索著慢悠悠的走著，忽然他好像摸到了什麼東西，於是他大叫起來：「哇，什麼東西啊！我摸到了一個軟軟的、都是毛的東西！」

貝拉也被嚇了一大跳，這時傳來了灰狼亞當的聲音：「是我的屁股啦，拜託你不要摸了，摸得我都要放屁啦！」

說完，三人繼續往前走，走了很久，他們來到了一個空曠的空間，亮光就是從這裡傳進來的。他們看到有一些發光的寶石鑲嵌在空間的四面牆壁上，牆壁上雕刻著奇怪的圖案。貝拉仔細研究起來，忽然他有所發現的大喊一聲：「我明白這些圖案是什麼意思了。這些圖案記載了所有動物的起源，多多你看，還有你們小矮人的起源呢。你看，我們猴子和你們矮人也是同一個祖先呢！」

原來，這些圖案都是一個個場景有關聯的，連起來看就是一個動物從原始到現在的發展步驟圖呢！

亞當這時也提出一點：「你們看，這裡畫著許多動物圍著一個方格子，在方格子中間好像畫著一本書，這書會不會就是《起源寶書》呢？」

貝拉贊同道：「嗯，我想這個方格子也許就是代表這個空間，也就是說在這個空間的中間，埋著一本書！」

莫樂多摸了摸自己的腦袋，非常興奮，他說：「那好，我們一起來挖吧！」

亞當說：「不行，你看在這本書的邊上有三個點。我在想，這三個點一定代表三個位置，也許我們站對了位置，這本書就會自動出現呢！」

貝拉和莫樂多非常佩服亞當的智慧，他們第一次覺得狼也是非常聰明的，並不像傳說中說的那樣僅僅是兇殘和冷血！

於是，三個人按照壁畫上的指示站好位置，這時密室上方一個洞打開了，一道銀色的月光照了進來，正好照亮了中間的地面。一會兒，密室開始輕微的搖晃起來，一根方柱子從地下緩緩伸了出來，柱子伸到半空，停了下來，上面的蓋子掀起，一本古老的書出現了！在月光下，《起源寶書》四個字閃閃發著光芒！「找到了！找到了！」三個人非常興奮，擁抱

在一起。他們小心翼翼的拿過寶書，又小心翼翼的一頁頁打開，裡面記載著各種動物從最最原始的樣子到現在的樣子的演變圖，其中還有許多關於地球歷史上幾次大災難的記載。看著書他們才知道原來鱷魚和小鳥還有恐龍是一家，人類和猴子、猩猩是一個祖先。在翻到中間一頁時，終於看到了狼和狗也是一個祖先。書裡記載最初狼生活在這個美麗的世界，後來人類捕獲了一些狼，並把他們馴化，來幫助人類幹活，這些被馴化的狼後來就慢慢成了現在的狗。原來狼和狗確實是一個祖先，或者說狗是狼曾經失散的親弟弟，他們的血液裡流淌著同一個父母的血。

再看下去，他們發現其實所有的動物都來自於水裡，千百萬年來一些動物適應了陸地的生活慢慢的也就退化了在水裡生活的本領，比如人類再也不能在水裡靠鰓呼吸。再往後看，大家發現其實世界上所有的生命都來自同一個祖先——單細胞生命！

這是書的最後一頁，也是對所有生命起源的回溯的總結。看完書後，貝拉非常感慨，他拍了拍亞當的肩膀，說：「以前有個老人說過：『四海之內皆兄弟。』今天我是真正相信了，原來我們都是來自同一個祖先。我們一定要阻止這場殘酷的戰爭，避免無辜的生命受到傷害。」

亞當也很感動，他說：「嗯，看了這本書我們沒有了互相仇恨的理由，我們原本就是一個大家庭，都是地球母親的孩子啊！我們一起採取行動來制止這場戰爭吧！」

莫樂多也點了點頭，儘管他一直將貝拉當做最好的兄弟，可是看了這本書他更是覺得貝拉就是自己的親兄弟，心裡不覺得湧上一陣感動和親切！

於是，他們帶上這本珍貴的《起源寶書》，按照豬爸爸的提示叫來了一陣「自由風」，帶著他們離開了起源島，來到了他們出發時的地方。

這時，「哈狗幫」已經策畫好了戰鬥部署，他們要在一個叫做「天然谷」的地方，一舉殲滅「灰狼幫」！很多動物都被動員起來要參加這場戰鬥了，他們喬裝打扮，一個個偽裝成樹木或者鮮花、野草什麼的，躲在山谷的上方，隨時準備用事先準備好的大石塊來攻擊狼群。

「灰狼幫」也準備好了，他們接到「哈狗幫」的挑戰書，集結隊伍浩浩蕩蕩的朝自然谷撲來。眼看著「灰狼幫」就要走入「哈狗幫」事先布置好的「口袋」了！

這時，貝拉、莫樂多還有亞當也得到消息，趕到了山谷的一個隱蔽的地方，準備尋找時機來制止這場血腥的戰爭！

他們發現浩浩蕩蕩開來的灰狼隊伍，也發現了躲在山谷上準備搞暗算的動物們，情況已經非常緊急了。

貝拉這時對他們說道：「我們必須要制止他們，首先要制止狼群們進入山谷，然後還是要去勸說哈莫，讓他召開動物代表大會，這只有所有的動物達成共識才能行。時間很緊了，我們要分頭行動！」

亞當說：「那，我去制止我的夥伴們，拉拉你和多多去找哈莫！不過，你們上次逃走了，這次去吉凶難測啊！」

貝拉和莫樂多可沒有被這些嚇到，莫樂多拍拍亞當的肩膀說：「這個你不用擔心，哈莫其實不壞，他只是非常講義氣，一心要報仇。我們以前是好朋友，他不會拿我們怎麼樣的。」

於是，三個人說幹就幹，分頭行動了！首先是亞當，他朝狼群跑去，見到了他們的首領灰狼湯姆。當湯姆知道前面有埋伏時，非常感激亞當的及時出現，並且答應亞當去參加動物大會，原因是他想單獨和哈莫解決這個問題，他也不想自己族群做出無謂的流血犧牲。

貝拉和莫樂多找到了「哈狗幫」的指揮總部，見到了哈莫。其實哈莫早就氣消了，他一直把貝拉和莫樂多當做好朋友。上次他們逃走後，他非常後悔自己的作為，覺得自己因一時之氣失去了好朋友，所以他也答應了貝拉和莫樂多的請求，準備去參加這個談判。哈莫覺得最好也是一對一的解決他和狼族之間的恩怨。

就這樣，戰鬥臨時取消了，談判的地點就定在天然谷中間的一個平地上，各種動物選派代表參加。一場流血戰爭被和平談判取代了。當然，在狼和狗的雙方首領眼裡，這也不是談判，而是單打獨鬥，來個了斷！

太陽上了山頂，氣氛緊張的談判也開始了，灰狼湯姆紅著一雙凌厲的眼睛直瞪瞪的看著哈莫，哈莫也毫無懼色，現場氣氛是一派劍拔弩張的樣子。

旁邊的動物們更是緊張，他們既希望哈莫能打贏，同時也希望最好別打，因為萬一哈莫輸了，「灰狼幫」可就要血洗這裡了！

就在這時，亞當說話了：「各位兄弟們，今天我們用和平的方式解決一個困擾我們動物千百年的問題，那就是選擇比戰爭更加有效的方式來解決我們之間的仇恨。仇恨是會延續的，也會被一代代傳承。但你們想過嗎？世界上所有的戰爭都起源於仇恨，而所有的仇恨其實是由誤解而來的。狼和狗其實原本是一家人，我們有著共同的祖先，今天我們在這裡互相殺戮，其實就是自己殺自己，這難道不是世界上最愚蠢的做法嗎？」

大家這麼一聽，都覺得有點不理解——「狗和狼還是一家人？」大家只聽過「狼狽為奸」，可從來沒有聽過「狗狼一家」這麼一說啊！

貝拉看大家一副疑惑的樣子，就接過話，演講道：「是的，完全正確，我們有充分的證據證明狗和狼是一家人，他們有著共同的祖先！」

莫樂多也拚命的對大家點頭！好像在對大家說：「大家一定要相信我們啊！」

於是，貝拉從懷裡拿出了《起源寶書》，給大家看書的封面。大家一看到這本書，一個個都瞪起好奇的眼睛。然後，亞當就介紹了這本書的來歷，以及書裡記載的各個動物起源的奧秘，最後把書翻到講狼和狗起源的那一頁，讓大家看到狼和狗最初的祖先就是狼。看到這裡，金毛犬哈莫和灰狼湯姆淚流滿面，他們都為見到了久違的兄弟而高興，也為在千百萬年來，狼和狗充滿坎坷的離別和經歷而傷感。這一刻，他們忽然覺得對方就是那個失散多年的親兄弟啊！

動物們看到這感人的一幕也紛紛流下了感動的淚水，大家都祝賀他們找到了失散多年的彼此，也祝福他們之間從此消除仇恨，和睦共處。一場眼看就要爆發的戰爭被制止了，最後哈莫和湯姆決定將各自的組織合併，成立「動物愛心協會」，以後聯合起來專門為碰到困難的動物們做好事，同時也要世世代代為了維繫動物世界的和平而努力。貝拉和莫樂多看到一場流血戰爭在眼前被制止，非常欣慰，他們也很佩服灰狼亞當的智慧和勇氣。

動物們各自將這個好消息帶回自己的族群，所有的動物都非常的高興，大家都紛紛舉行慶祝儀式。

貝拉和莫樂多也參加了這場慶祝。還有什麼比制止一場戰爭，挽救許多生命更讓人覺得有價值的呢？

開往「未來城」的「心情號」列車

慶祝會之後，貝拉和莫樂多還有灰狼湯姆受哈莫的邀請一起來到原「哈狗幫」的總部——打穀場，湯姆和哈莫熱烈的討論著「動物愛心組織」的未來規劃和實施的細節。

貝拉告訴他們起源島上「麵包樹」的事情，大家聽了非常驚訝：「世界上還有這樣神奇的樹啊？」

貝拉建議大家去引進麵包樹，然後大規模種植，這樣就可以解決動物世界的食物問題。比如：狼群們以後再也不用去偷襲羊群了，他們可以騰出精力來專心做好事。

大家聊得非常熱烈，哈莫就計畫起去起源島的事情來。這時灰狼湯姆問貝拉和莫樂多下一步的打算，是否要一起加入他們的偉大計畫，為動物世界的和平和安寧出一份力。貝拉告訴他們他和莫樂多的想法——走遍世界的每一個角落，結交世界上一樣熱愛和平的有趣朋友，還有在旅途中「行俠仗義」，一路做好事！

湯姆和哈莫聽了他們的想法，都非常的佩服他們。貝拉和莫樂多還講述了他們一路上的奇妙見聞，有時逗得大家捧腹大笑，有時又讓大家屏住呼吸，為他們的遭遇捏一把汗。

這時，灰狼湯姆問了他們一個問題：「多多、拉拉你們的旅途經歷實在是太精彩了，我也在你們的敘述中知道你們確實走了世界上許多奇妙的地方，真是了不起的經歷！我好羨慕你們，因為你們有一顆自由又好奇的心。但有一個地方你們一定沒有去過，我敢打賭！」

貝拉與莫樂多一聽，頓時好奇起來，他們瞪大了眼睛，貝拉摸摸腦袋，莫樂多揉揉大鼻子，齊聲的問道：「哦，是什麼地方呢？」

哈莫也很好奇，他也想知道。

湯姆看著大家被吊起了胃口，得意的用神祕的眼神「滴溜溜」的轉了三圈，賣起關子來了：「哈，這個地方你們一定沒有去過，我敢保證！」

莫樂多聽了，有點急切的問道：「是什麼地方呢？快告訴我們吧！」

貝拉也一樣，好奇的問：「我說老哥，你快說呀，不要賣關子啦！」

灰狼湯姆於是收起故作神祕的表情，一臉嚴肅的說道：「我聽我外婆說過，世界上有一個最最神奇的地方叫做『未來城』，聽說這個地方不是我們現在的世界能夠到達的。」

哈莫聽了「嘿嘿」笑了起來，說道：「老哥啊，你這不是在和我們開玩笑嗎？『未來城』，顧名思義一定存在於未來，我們怎麼可能到達呢？」

湯姆頓了頓，又眨了眨眼睛，繼續說道：「哈莫，你說的沒有錯，但我聽外婆說過，在我們狼群生活的納西山上有一個神祕的通道，走出這個神祕的通道，會有一班開往未來的『心情號』列車，只要能登上這班列車，就能到達看似遙不可及的未來城。聽說未來城裡一切的一切都非常奇妙，這奇妙的一切只有在未來才能看到！你們不信的話，可以看這張地圖，這是外婆在我小的時候留給我的。」

看著湯姆一臉的嚴肅，大家開始有點相信了。貝拉和莫樂多非常想去看看未來城的樣子，也想坐一坐這班「心情號」列車。於是湯姆拿出了這張地圖，只見地圖上標記著許多地名，通道就在納西山的西北，用箭頭標著。

哈莫看了地圖，自信的說：「這個不難找，湯姆，你既然有地圖為什麼自己不去尋找呢？」

湯姆說：「如果我還在貝拉或者莫樂多的年齡我一定會去的，因為他們無牽無掛，充滿好奇。我從小被狼族指定為未來的領袖，肩負著振興狼族的使命，所以我就放棄了。但你們可以去啊，我覺得你們的旅行非常有意義，是應該多去一些地方走走看看，增長見識。」

貝拉看看莫樂多，莫樂多也看看貝拉，他們的眼神都告訴對方要去這個未來城走一走，去看看未來是什麼樣子，那一班「心情號」列車也一定非常有趣。

哈莫和湯姆因為要籌備「動物愛心組織」就不去了，但他們決定帶他們去尋找地圖上標記的「祕密車站」。

大家找啊找，終於找到了祕密通道的入口——一個被樹枝覆蓋的山洞，這個地方神祕到居然連見多識廣的湯姆也不知道。大家掀開樹枝後，發現裡面是一個幽深的通道，湯姆點起火把在前面帶路，哈莫殿後，一行四人走了進去。通道裡面偶爾會傳來水滴下來的聲音，在幽靜的洞穴裡居然變得很響亮。

大家走啊走，洞穴長得好像沒有盡頭，就在這時，遠處傳來了一聲火車汽笛的聲音，非常的響亮！

「嗚——」

「快到了！」湯姆興奮的說道。

洞穴前方出現了一絲亮光，亮光慢慢的強起來，他們走出了洞穴，前面出現了一個大大的月臺，一列五色火車緩緩的朝這裡駛來。

大家發現有很多通道通向這個月臺，他們剛才走的只是其中的一條通道，不同的動物陸陸續續從各條通道出來，他們看樣子好像都要搭乘這班「心情號」列車。

列車開近了，大家才發現這班列車只有六節車廂，一個火車頭，車廂的顏色分別是紅、黃、藍、白、綠和紫六種顏色。列車在他們眼前停住後，緩緩開啓了車門，動物們魚貫進入各個車廂。貝拉和莫樂多進入了最後的車廂──「紫色車廂」，他們回頭揮手告別了哈莫和湯姆。哈莫衝著他們大聲的喊叫道：「記得回來看看我們！好兄弟！」

列車就這樣緩緩啓動出發了！貝拉與莫樂多於是坐了下來，這時他們才有空定睛看看車廂的情況──只見這節紫色車廂裡面也被打扮成紫色調，一位兔子先生正坐在對面的位置上，看著車廂外面的風景，一副神遊物外的樣子。兔子發現他們在看他，就自我介紹起來，說：「你們好，我是兔子格非，大家都叫我『愛幻想的兔子老弟』。你們看我進了紫色車廂，就知道我是個幻想主義者。對，我喜歡幻想！」

貝拉聽到這位叫「格非」的兔子先生半聊天半自言自語的樣子，覺得很有趣，於是問道：「你好，我叫貝拉，他是我最好的夥伴莫樂多。難道紫色車廂是代表幻想嗎？」

格非好奇的瞪著他們，說道：「難道不是嗎？你們預定車票時沒有問清楚嗎？」

「預定車票？」兩個小傢伙同時發出驚疑聲來。於是，他們告訴格非他們是怎麼來的。格非聽說後哈哈大笑起來，說：「很好，很高興和你們同行！」

說著，這隻叫「格非」的兔子開始天馬行空的聊起來，他說：「我將

來要做動物世界的領袖，我要帶領動物們移民到一個叫做『哈爾』的星球，在那個星球我們將建立一種了不起的動物文明。在未來，我將發明一種神奇的藥丸，吃了這個藥丸，動物們不用上學就能掌握一切的知識，還有就是永遠不會生病！另外，在未來我將會把地球打個洞，這樣我們就像乘溜滑梯一樣，從地球的這一端溜到那一端，這簡直太棒了！」

格非越說越激動，站起來，繼續宣布道：「在未來，我要給這個世界降一場雨，雨下過以後，人們就會忘記戰爭，世界將永遠生活在和平中，我已經想好了，我要給這場雨起名，就叫『和平雨』！」

「同意！」貝拉和莫樂多幾乎同時大叫起來。格非繼續發表著關於未來的演說，貝拉和莫樂多使了使眼神，決定在格非滔滔不絕的演說中悄悄的溜到另一節車廂看看。

於是，他們來到了第二節車廂。這是一節綠色車廂，車廂裡一隻蘇門答臘犀牛和古巴溝齒鼠正在聊天。貝拉和莫樂多走了過去，犀牛正在說：

「你知道嗎？我們的族群正在消失，這樣下去，以後地球上就再也沒有我們蘇門答臘犀牛了！」

古巴溝齒鼠撇了撇嘴巴，他有一個長長的鼻子，說道：「是啊，我們古巴溝齒鼠的處境不也是一樣嗎？人們都以為我們已經在地球上消失了，所以我們要去未來城看一看，在未來是否還有我們的存在。」

蘇門答臘犀牛豁達的說：「嗯，如果未來我們還在就好了，如果到了未來城已經沒有我們的存在，那麼我將動員我們所有的族群移民到未來去，在那裡我們將繁衍後代，延續我們的血脈。」

這節綠色的車廂果然是一節充滿「希望」的車廂！貝拉和莫樂多沒有打斷他們的對話，繼續向前走去。接著，他們來到了藍色車廂，裡面一隻企鵝正在流眼淚，車廂裡只有他一個人，孤零零的。貝拉和莫樂多走過去，貝拉關切的問道：「請問這位先生，您為什麼哭泣啊？」

企鵝沉浸在自己的悲傷中，頭也沒有抬，幽幽的說道：「我生活的地方是地球的最南端，那裡常年冰雪覆蓋，是我們企鵝家族生活的樂土，可是現在我們的樂土也越來越不適合居住了。因為人類的污染，南極的上空已經出現臭氧層洞，冰川在融化，這樣下去，南極再也不適合我們生活了，我們要失去樂園了。」

莫樂多一聽也非常難過，就問企鵝：「那你們就到別的地方居住，為什麼一定要生活在最寒冷的地方呀？」

企鵝說：「這就是我們企鵝千百萬年來養成的生活習性，我們喜歡寒冷，只有在寒冷的地帶我們才會覺得舒服！」

貝拉於是問：「那您這回去未來城的目的是想去看一看未來的南極是否仍然適合你們企鵝家族居住嗎？」

企鵝抬起頭，淚眼汪汪的看了看貝拉又看了看莫樂多，說：「沒錯！我去未來城就是考察這個的。」

於是，貝拉和莫樂多深情的祝福企鵝能在未來城找到理想的答案。他們繼續往前，這時他們走進了一節紅色車廂，車廂裡正好在舉行一場狂歡，動物們在歡快的音樂中或蹦或跳，氣氛非常熱烈，貝拉和莫樂多也不由得加入了這場狂歡中，車廂外世界展開了一幅沒有盡頭的美麗長卷。

玩得盡興了，他們繼續往前走，來到了第一節車廂，一節金黃色車廂。這時，東方一道金色的陽光猶如晨曦的光芒照亮了整列列車，貝拉和莫樂多從車廂看出去，發現車廂早已脫離地面在雲層中飛翔。雲層的下面，大地就像一個巨大的羅盤，上面排列著森林、河流還有高山。哇，這真是一幅美麗的畫卷！列車穿過一團又一團的白雲，前方一個美麗的城市漸漸露出端倪，三個巨大的字出現在城市的上空——「未來城」！

貝拉和莫樂多緊緊擁抱在一起，美麗的未來城會是什麼樣子呢？帶著好奇與疑問，列車駛向前方，駛向美好的「未來」！

兒童文學15　PG1244

貝拉與莫樂多飛向未來城

作者／陳始暢
插畫者／陳始暢、儲巍
責任編輯／陳佳怡
圖文排版／楊家齊
封面設計／蔡瑋筠
出版策劃／秀威少年
製作發行／秀威資訊科技股份有限公司
114 台北市內湖區瑞光路76巷65號1樓
電話：+886-2-2796-3638
傳真：+886-2-2796-1377
服務信箱：service@showwe.com.tw
http://www.showwe.com.tw

郵政劃撥／19563868
戶名：秀威資訊科技股份有限公司
展售門市／國家書店【松江門市】
104 台北市中山區松江路209號1樓
電話：+886-2-2518-0207
傳真：+886-2-2518-0778
網路訂購／秀威網路書店：http://www.bodbooks.com.tw
國家網路書店：http://www.govbooks.com.tw
法律顧問／毛國樑　律師

總經銷／聯寶國際文化事業有限公司
221新北市汐止區康寧街169巷27號8樓
電話：+886-2-2695-4083
傳真：+886-2-2695-4087

出版日期／2014年12月　BOD一版　**定價**／260元
ISBN／978-986-5731-13-7

秀威少年
SHOWWE YOUNG

國家圖書館出版品預行編目

貝拉與莫樂多飛向未來城 / 陳始暢作 ; 陳始暢,
儲巍插畫. -- 一版. -- 臺北市 : 秀威少年,
2014.12
面； 公分
BOD版
ISBN 978-986-5731-13-7 (平裝)

859.6 103021754

讀者回函卡

感謝您購買本書，為提升服務品質，請填妥以下資料，將讀者回函卡直接寄回或傳真本公司，收到您的寶貴意見後，我們會收藏記錄及檢討，謝謝！

如您需要了解本公司最新出版書目、購書優惠或企劃活動，歡迎您上網查詢或下載相關資料：http:// www.showwe.com.tw

您購買的書名：______________________________

出生日期：________年________月________日

學歷：□高中（含）以下　□大專　□研究所（含）以上

職業：□製造業　□金融業　□資訊業　□軍警　□傳播業　□自由業

□服務業　□公務員　□教職　□學生　□家管　□其它_____

購書地點：□網路書店　□實體書店　□書展　□郵購　□贈閱　□其他

您從何得知本書的消息？

□網路書店　□實體書店　□網路搜尋　□電子報　□書訊　□雜誌

□傳播媒體　□親友推薦　□網站推薦　□部落格　□其他__________

您對本書的評價：（請填代號　1.非常滿意　2.滿意　3.尚可　4.再改進）

封面設計____　版面編排____　內容____　文／譯筆____　價格____

讀完書後您覺得：

□很有收穫　□有收穫　□收穫不多　□沒收穫

對我們的建議：______________________________

____

____

____

請貼
郵票

11466
台北市內湖區瑞光路 76 巷 65 號 1 樓

秀威資訊科技股份有限公司 收

BOD 數位出版事業部

(請沿線對折寄回,謝謝!)

姓　　名:____________ 年齡:________ 性別:□女 □男

郵遞區號:□□□□□

地　　址:____________________

聯絡電話:(日)____________ (夜)____________

E-mail:____________________